講談社文庫

ツベルクリンムーチョ

The cream of the notes 9

森 博嗣
MORI Hiroshi

講談社

まえがき

本書は、「つ」で始まる題名シリーズ第九弾である。よくもまあ、続いているものだ。適当かつ無関係な百のエッセィが無秩序に収録されているが、思いついたまま書いているので、つまり、作者の無秩序さが如実に顕在化したものといえる。

これを書いているのは、二〇二〇年六月で、世界はコロナ騒動の真っ只中、日本は非常事態宣言が解除されたところ。だから、当然本書にも、この関連のものが幾つか紛れ込むことになるだろう。もちろん、森博嗣は何年も以前から人に会わない生活をしているので、影響はまったくといって良いほどない。だから、完全に「他人事」である。不謹慎だが、そのとおりなのだからしかたがない。ご容赦いただきたい。

ただ、こういった非常時になると、いろいろな方の本性が垣間見えてくるものだ。その点では興味深かった。本書が出る年末には、どうなっているだろうか。冬になれば、また感染が広がっていそうだ。それとも、早々とワクチンなどが間に合うのか。どちらともいえないけれど、どちらでも作者にはほぼ無関係である。宇宙ステーションにいるみたいな気分だ。

もともとエッセィでは、できるかぎり時事ネタを扱わないようにしている。書籍というのは、その程度の抽象性を持っている方が長持ちするし、わざわざ紙に活字を印刷する動機が、そこにあるものと理解している。ただし、今回の出来事は、世界的に大きく広がった例外的なテーマだとも判断でき、無理に排除しない方向で執筆しようと考えている（もちろん、書いているうちに気が変わる可能性も大いにあるけれど）。

多数のメディアが繰り返した「ソーシャル・ディスタンス」というタームは、どちらかというと、自分と社会の距離を想起させる。そちらの意味では、森博嗣はこれを大きく取っている。社会から隔絶した場所で他者に関わらず暮らしているし、電車（自分の庭園鉄道を除く）もバスも乗らなくなって十年以上になる。

「人どうしの距離」も、森博嗣は多めに取っているが、それは個人の自由だろうと考えていた。人々に対して、「どうしてそんなに近づきたがるの？」という疑問をずっと抱いていたから、ようやくそれが、皆さんの認識に上ったことを嬉しく感じている。

会って話をしなくても、文字を書いて意思を伝え合えば充分ではないか、というのが僕のソーシャル・ディスタンスであり、だからこうして今もキーボードを叩いている。

「くわばらくわばら」と唱えつつ、雷などの天災を避けるように……。

contents

ツベルクリンムーチョ
The cream of the notes 9

1 「会」と「式」と「祭」がつくイベントから離れて十五年ほどになる。

もともと、その種の集まりが生理的に嫌いだった。「飲み会」「集会」「学会」「同窓会」「町内会」「運動会」「結婚式」「葬式」「卒業式」「入学式」「開会式」「前夜祭」「感謝祭」「記念祭」「音楽祭」「伝統の祭」などである。例外といえば、「閉会」とか「折畳み式」くらいではないか。

どれも、やりたい人がやれば良い。悪くはない。人を誘ったりせず、それぞれで好きなだけやってほしい。ただ、参加者を募るのをやめてほしい。人を誘うのをやめてほしい。ようするに、わざわざ「つるむな」ということだ。

とにかく、この種の「集い」は、年々増加する傾向にある。放っておくと、毎日なんらかのイベントが開催される事態になるだろう（もうなっている?）。そのつど、「人数が足りない」「大勢いないと寂しい」とおっしゃる方がいて、その配下の人たちが人集めに奔走する結果となる。足りないのなら、縮小し、寂しいのなら、やめたら良いではないか。そんな素直で真っ当な発言は、「会議」という場で揉み消されるのである。

今回のコロナ騒動で、子供たちは学校へ行けなくなり、ビジネスマンも会社へ行きにくくなった。どちらも、自宅で「通信」すれば用が足りる話なのだが、なんとなく抵抗感が根強い。「寂しい」とか「効率が上がらない」などとおっしゃる。

大人になった人や、年配の人は、もう生活を変えられないのだろうか。だが、子供たちには是非きいてみたい。「どうして学校へ行く必要があるの？」「何故、わざわざ学校に集まっているの？」もちろん、会社だってそうだ。どうして？

集まる必要がなければ、学校も会社も建物はいらない。そうすれば、土地や建物にかかる費用で、通信環境は簡単に整うだろう。わざわざ都会に集まっている必要も全然ない。

では、どうしてこんなに集まっているのか？

それは、人を集めることが好きな人がいるからだ。人を集めることで儲けられる人たちがいるからだ。都会というのは、人をぎゅっと集めて、商売を集中的、効率的に行えるようにする装置だ。言い換えれば、大量生産の原理と同じである。みんなが同じことをすれば、効率良く搾取できる。都会にいる人たちは、集められ、搾取されているのだ。お気づきだろうか？　高い家賃を払わされ、高いものを買わされているはず。

そういう大量生産の効率のため「つながろう！」をスローガンにした社会モデルが、もう古い、と僕は思う。今回の騒動は、そのことに気づく良い機会となったのでは？

2

コロナ禍において日本人が否応なく見せつけられたものとは。

これを書いている現時点では、非常事態宣言も解除されて、日本はまあまあ無難にこの世界的災難から逃れたかに見える。それなのに、日本人の多くは、指導者たちに不満を抱いたままだ。マスクはようやく届いたが、十万円はまだ振り込まれない。窮地の事業を救うための資金も、いったいいつ手続きが終わるのか、と。

何が悪いのだろう？　簡単である。日本が世界に誇る「お役所仕事」というもののせいだ。前世紀には、国民の誰もがこれについて認識し、ぶうぶう言いながらも、しかたなく騙し騙し、役所関係の手続きをしていた。国鉄で切符を予約するのだってそうだった。国鉄も郵便局もみんな「お役所」だったのだ。僕は国立大学に勤めていたけれど、大学の事務も完全に、お役所だった。騙し騙し利用するしかなかった。

今世紀になって、公務員の大半が入れ替わったせいもあるだろう、ずいぶん窓口の対応が親切になった。役所でなにかを申請するにも、以前ほど待たされることはなくなった。今は、大きな病院が「お役所」になっているので、本家が目立たなくなったかのようだ。

だが、その改善が、本格的な「改革」ではなく、上辺だけの、つまり外面的な装いの変化にすぎなかった、ということが、今回の騒動で明るみに出てしまった。

お役所仕事の本質は、前例重視であり、一度築き上げたシステムに固執することにある。先人から受け継がれたものに囚われて、余程のことがないかぎり、自分たちから新しくしようとはしない。少々困ったことが生じても、「以前からのやり方ですから」と説明して終わる、というものだ。

いつからこういった文化があるのだろう。江戸時代からだろうか。そもそも、日本の文化自体が、先祖が神様であり、手を合わせて拝むというもの。守らなければならない「伝統」を信仰している点では、「お役所」も同じである。

日本には戸籍がある、と威張っていたが、各市町村に手書きの記録があるだけだった。しかも、個人の登録ではない。戸籍とは、文字どおり一家が単位だ。日本全体で統一されたフォーマットで管理されていない。これを補うためマイナンバを広めようとしても、どこか消極的だ。リーダが、マスクを送れ、金を送れと指示しても、役所はそれをすぐに実行する手段を持ち合わせていない。文系ばかりなのか、まったくＩＴに弱い。全部外注するしかないから、必ずトラブルが起こる。ここ三十年ほどのツケが回ってきたといえる。それでも、未だ「技術の日本」を信じる人がいたりする、実に老いた国なのだ。

3 コロナといえば、日産のブルーバードと競ったトヨタの人気車の名でしょう。

僕が小学生の頃である。当時、トヨタと日産は自動車メーカの双璧だった。僕の父は、日産派で、ブルーバードだったけれど、名古屋は圧倒的にトヨタが強い土地柄だから、いわばアウェイである。当時の男の子は、道を走るクルマの車種がすべて言えるくらいカーマニアが普通だった。モデルチェンジするとTVで宣伝が流れ、そんな新型車を初めてみるだけで興奮した。「あ、新型コロナだ!」と歓喜したのである。

そのときのコロナは、顎(あご)を出したような逆傾斜の独特の顔で、「格好悪いなぁ」と驚いたものであるが、これをさらに発展させて、セリカが同じような顔つきで出たときには、正直驚いた。「もしかして、格好良いかも」と思い直したからだ。日産サニーとトヨタのカローラの戦いも熾烈(しれつ)だった。名古屋はカローラが多かった。トヨタの車は、クラウン、コロナ、カローラ、セリカとすべて「冠」がつく名前になっている(順に、王冠、太陽冠、花冠、天空冠だったかな?)。

ところが、ブルーバードをバージョンアップしたとき、日産はローレルという新車を発表した。これは月桂冠だ。トヨタに対して、意地悪をした形で、子供ながらにどきどきしたものである（ちなみに、単なる想像です）。すると、トヨタは、それに対抗してか、なんと、コロナ・マークⅡを出したのだ。これは、その後、単なる「マークⅡ」になった。コロナというクルマは、今はなくなってしまったようだ。惜しいことをしたが、もし今も受け継がれていたら、風評被害を一手に引き受けてくれたかもしれない。新しいタイプのウィルスが出てきたら、是非「マークⅡ」にしていただきたいものだ。日産派の父は、ブルーバードを三台くらい乗り継いだあと、ローレルに乗り換えた。これは、僕が免許を取る頃にも現役だったので、運転させてもらったことがある。ボテっとしたボリューミィなリアスタイルで、後方視界が悪かった。

僕は、ホンダのシビックを買おうと思ったが、父に「日産にしなさい」と反対された。「どこの馬の骨とも知れないメーカのクルマなんか信頼できない」という理由だった。当時のホンダは、そういうマイナなメーカだった。しかし、父が生きている間に、社会は変わり、日産よりもホンダがメジャになったし、トヨタは世界のトップメーカになった。まあ、そんなことはどうでもよろしい……。

最近、クルマの名前がまったくわからない。はっきりいって、どれも同じようなデザインになってしまった。興味が薄れたから？　それだけの理由だろうか？

4 さて、どうして日本には「お役所仕事」が根付いてしまったのだろうか？

クルマの話でお茶を濁したかと思わせて、またも話を戻そう。

リーダがいろいろ提案し、国民の声に応えようとしても、実際に役所が動かない。マスクも現金もなかなか来ない（というか、非常事態宣言が解除されたのに、まだ申請書も来ないところが多いそうだ）。今にも潰れてしまいそうな個人経営の店は、こんな悠長な対処を待っていられない。どんどん潰れていくことだろう。まあ、商売というものは、つまりそういう危険性を本来持っている。その分、調子が良いときには稼げるので、自転車操業になっていた時点で「潰れてしまいそう」だと認識しておくべきだった。

日本人の一般的な、大まかな性格として僕が感じていることは、「保守的」であること。変化したくない、今のままが良い、ずっと同じことを続けていたい、というフィーリングで生きている。これは、農耕民族の遺伝子によるものかもしれない。

平穏な社会であれば、それで良い。同じことをこつこつと誠実にこなすだけで繁栄が続くだろう。だが、異常な事態になったときに、不具合が噴出する結果となる。

国民の個人情報を電子化して、一括管理する必要性は感じていても、これまでのシステムでやってこられたのに、何が問題なのか、と大勢の人たちは動かない。よほど強いリーダシップでもって改革しないかぎり、ずるずると前例が引き継がれる。役所だけではなく、民間の会社も同じである。組織が大きくても小さくても、あまり差はない。

調子が良いときのことを「平常」だと認識してしまう。だから、平常でない事態になると右往左往する。そういった事態に備えない。そんな事態を想像するだけで「縁起が悪い」と目を瞑る。一言でいえば、「頭が固い」のだろう。こちんこちんに固い。

たまたま一度戦争で大失敗をしたときに、この日本的な「固さ」が打ち砕かれたので、またゼロからこつこつと成長できた。こつこつと努力することには長けているから、日本はあっという間に先進国の仲間入りを果たした。だが、それを自分たちが優れているからだと勘違いした人が沢山いたはずだ。「固さ」は驕りになって、ますます硬度を増しただろう。最近の日本の体たらくにも、気づかない振りをしつつ、自分たちを変えようとはしなかった。こうして、日本はジリ貧になっていく。今がその途上である。

何が幸いしたのか不明だが、コロナの騒ぎで、他国に比べて日本は大きな被害を免れた。日本人の「固さ」がプラスに働いた機会として捉えられれば良いが、頑なに「トップが謝罪しろ」「国が補償しろ」としか言えなければ、またもなにも変わらないだろう。

5 備えるというのは、時間スパンを想像する頭の運動である。

たぶん、たちまち世界中に広がるだろうと誰もが思ったにちがいない。そうなれば学校や会社は閉鎖されるだろう（三月初にそうなった）。まず思ったのは、これを機に九月新学年制に移行すれば良い、ということ。奥様（あえて敬称）のスバル氏に話したら、「それはグッドアイデアだ」とおっしゃったので、気を良くした。滅多に意見が合うことがないからだ。それから二カ月くらい経って、ちらほらと発言が出てきて、政府も検討した。

つぎに、営業自粛要請をするようになり、途端に「補償金を！」とみんなが騒ぎだした。そこで、僕は四月初めに、奥様と長女に二十万円ずつお小遣いをあげることにした。我が家で、僕は家事もせずに生活させてもらっているからだ。お店の経営者も、まずは従業員にお小遣いをあげれば良い。できないとしたら、もともと危ない商売だった証拠だ。

スバル氏は、花粉症とアレルギィのため、マスク一年分を常に備蓄している。僕は、工作で汚れた手を洗うため、ハンドソープを買い溜めしている。歯磨き粉もシャンプーもトイレットペーパも自分が使う分は一年分は蓄（たくわ）えている。これは母の血であるが、今回は役に立った。なにも動じることなく、社会の影響をまったく全然なにも受けなかった。

　森家は、みんなで食事をするのは夜だけ。朝も昼も食事を誰も作らない。それぞれ、食べたければパンを焼くか、お菓子を食べる。ほとんど一日一食だから、食料品の買い出しも一週間に一度か二度で済む。それ以外には、お店という場所へ行かない。

　外食はしないし、ものを買うために小売店を利用しない生活になっている。誰とも会わないし、電話も一切使わない。これは、世間でいうところの「新しい生活様式」かもしれない。もう十年以上まえからこの生活なので、僕としては新しくないけれど。

　幸い、今回のウィルスは空気感染力が弱いものだったから、これで済んだ。麻疹みたいに感染力が強かったら、大変だっただろう。死亡率も低くて、万が一かかった場合でも復帰できる見込みがある。大勢の人たちが今一つ真剣になれなかったのも無理はない。

　原因と結果が二週間もずれている点も、直感的に対処しにくい要因だった。人間というのは、原因と結果が時間的に長くずれるほど、頭がついていかなくなる。理屈でわかっていても感覚的に油断してしまう。それはつまり「馬鹿」だということだが、そういう馬鹿さが、人間の本性であり、それを理屈でカバーしているのだ。今回、頭がついていかない人たちが大勢いて、しかも鉄道が発達した大都市で大きな被害が出た。東京がそうならなかったのは、馬鹿が少なかったのか、それとも他になにか理由があったのか……。

6 スマホを使った集団管理システムに対する僕の認識は「やったら？」である。

スマホの通信機能によって、人どうしの接近の有無を調べるアプリを導入するとか、そんな話題になって、プライバシィの問題がどうなのか、と取り沙汰されていた。日本は、そんなにプライバシィを気にする国だったのか、と個人的には感慨深かった。まあ、悪いことではない。日本も立派な大人の国になったんだな、と微笑ましい。

ただ、「個人情報を目的以外に使用しない」と約束した多くの組織が、個人情報を外部に漏らしてしまうチョンボを繰り返しているのが現実であるから、用心深い人は、結局は参加しないのではないか。だって、漏れないはずがないだろう。個人情報が漏れても平気だ、という人も沢山いるから、それならけっこうなことである。僕は、個人情報を大事にしているので、カードも作らないし、ポイントも利用しない。

このような接近確認アプリが成立するのは、誰もが常日頃どこへでもスマホを持っていくからだ。その前提に基づいている。「そんなの当たり前だろう」と皆さんは思うのだろう。だが、僕はスマホを持ち歩かない。僕の奥様も持ち歩いていない。彼女が出かけたときに、家にスマホが残っていて、変な音をときどき鳴らしている。僕のスマホは、書斎に置きっぱなしで、庭に出たり、工作室にいたり、寝室で寝ているときは、僕自身とは離れている。だいいち、スマホのモニタなんて、一週間に一度くらいしか見ない。使うのは、停電になったとき。非常用なのだ（そのためにスマホを持っている）。

ということは、僕が新型コロナウィルスに感染した場合、濃厚接触者をこのアプリから割り出すことはできない。だが、僕はそもそも誰とも濃厚接触しない人間だから、大きな問題ではない。愛犬以外に、濃厚接触しないのが、ここ二十年くらいの習慣である。

話を聞くと、今の若者たちは、スマホを手から離すこともないらしい。バッグに入れることも少ないという。ずっと片手で持ちっぱなしなのだ。人間は両手があるから、いろいろなことができるわけだが、片手がスマホのインターフェイスになってしまうと、人間として「片手落ち」になるだろう（この言葉は、差別用語だから使用禁止らしいが、差別の意思があるとは、僕は思えないので、あえて使用している。ただ、スマホに取り憑かれた人たちを、多少軽蔑しているようなふうに受け取れなくもない。それも、同じく誤解であることを喚起しておきたい）。

なるほど、だからアップル・ウォッチなんて作ったのか、だから音声入力を導入したのか、などと今頃思い知った。僕も、だいぶ「遅れた人」になれたみたいで微笑ましい。

7 マスク転売問題について、「本当に欲しい人に届けて」とはどういう意味か。

もちろん、わからないでもない。医療従事者であったり、不特定多数と接する仕事の人には必需品だから、マスクが高騰するのは切実な問題だ、という意味かと思う。僕がネットで見た範囲では、マスクはせいぜい十倍ほどの値段になっているだけで、買えないような値段設定ではなかった。それに、仕事だったら経費で買えるだろう。

ここからは、不謹慎だといわれるのを覚悟で書くけれど、十倍の値段が出せないという立場は、「本当に欲しい」とはいえないのではないか。それが僕の感想である。

政府がマスクを買い上げて、これを必要なところへ、優先順位を決めて配布するというのは、一見良さそうなシステムに見えるだろう。だが、こういったシステムでは「利権」というものが必ず生じて、国民の平等を基本として謳う多くの社会主義国家では、役所や権力者へ袖の下（つまり賄賂）を渡さないとなにも手に入らない、というような事態になる。これこそが、「本当に欲しい人に届かない」システムなのである。それを人類は学んだから、自由主義の社会を作り、自由経済が発展した。

自由経済の社会においては、大勢が欲しがるもの、需要に対して生産が追いつかないものは、値段が上がる。本当にそれが欲しい人は、人よりも多くの金を出して、それを手に入れる。金があれば手に入る。「本当に欲しい」という気持ちを「出せる金」で示す、というシステムだ。そうしないと、「本当に欲しい」という気持ちを、誰が審査するのか、という話になってしまう。そんな審査をする人は事実上いない。

そういう目で見ると、非常時につけ込んで、高い値でマスクを転売している人たちが、それほど悪事を働いているとはいえない。彼らは、商魂逞しいだけだ。しかも、工夫をして、それなりに労力を使い、マスクを手に入れているはずだし、良くいえば、先見の明があり、行動力があったともいえる。本当に欲しい人たちにマスクを届けている、といっても間違いではない。

貧しい社会においては、この程度のことは日常茶飯事で、大勢がこういった行動を取っていた。そんな中から、成り上がった人たちが、今のセレブになった。「がめつい」と言われようが、気にせず商売に徹した。犯罪ではない。逆境を生き抜いた、ともいえる。

今の日本は、そういう「がめつさ」を許さないほど成熟し、みんなが幸せになり、余裕ができてきたのだな、と感じた。がめつい人たちに対して、いちいち目くじらを立てなくても、しばらくすれば解決する、と見ていればよろしいのでは？

8 日本は、だいぶ以前から医療崩壊していたのではないか。

ＰＣＲ検査の態勢も整っていなかったし、感染病を治療できる施設も少なかったので、まずは医者が症状を診て、スクリーニングしたのちに、ようやく検査をする、という方針を取った。これが日本モデルだった。何故か、功を奏したように見える、今のところはだが。医療崩壊をさせないための最善の策だったかもしれない。誰も否定できない。

患者を乗せた救急車がたらい回しされた、というニュースもあって、他県の知事が「医療崩壊しているじゃないか」と文句を言ったらしい（というツイートを見ただけだが）。いや、救急車というのは、以前からたらい回しされる。日常茶飯事だ。それどころか、病院に予約を取って、その時刻に受付に出向いても、医師に会うまで一時間も二時間もかかる。こんなこと、日本の病院では当たり前らしい。これって、明らかに医療崩壊しているのでは？　病気で弱っている人が何時間も待たされるなんて、変でしょう？

血圧をコントロールする薬をもらうためだけに、病院へ行かなければならない。医者の診断がないと薬が買えない。多くの小さな医院は、このような日々のなんでもない診察で経済的に成り立っている、とも聞く。日本以外では、同じ薬であれば薬局で買える場合がほとんどだ。健康な患者を病院につなぎとめておくのは、まさに家畜が逃げないようにつないでおく「絆（きずな）」かもしれない。日本らしいといえば、そのとおり。しかし、そんなことに医者の能力を消費して良いのだろうか、と誰か考えた方がよろしいのではないか。

日本は、医療において世界のトップレベルにある、と多くの日本人が認識していただろう。そういう言葉をいたるところで耳にする。しかし、今回のコロナ騒動で、検査もできない、集中治療室が人口の割に不足している、と世間に知られてしまった。

かつて、医者はエリートだった。今でも、医学部の偏差値は高い。でも、昔よりも、普通の仕事になっただろう。「人を救う」と、よく形容されるけれど、仕事の一つとして選択する人が増えているように観察される。今回も、医療従事者に感謝を、というキャンペーンがいくつかあったけれど、多くの当事者は、「言葉より金をくれ」「忙しいのが耐えられない」と思っているはずだ。自分の身を危険に晒（さら）そうなんて、そんなつもりは毛頭（もうとう）ない、怖くてしかたがない、家族への感染や偏見が怖い、と僕の友人の医者たちは語っていた。特攻隊のように「お国のため」なんて人は、もう存在しない。

日本の医者は、まだ男性が多い。日本以外では、むしろ女性が多いように感じる。医者や病院の諸々（もろもろ）を、これを機会に、もう少し見直した方が良いのではないだろうか。

9 自粛社会になって自殺者が激減したという データに驚いた人が多いようだった。

ステイ・ホームを強いられ、学校にも行けない、外でみんなと遊ぶこともできない、会社にも行きにくいし、仕事帰りに居酒屋で一杯、もできなくなった。マスコミは、子供も大人もストレスを抱えている、と報じた。そのうちに「自粛疲れ」などという不思議な言葉も聞かれるようになった。「自粛」は、そもそも自発的に行動を慎むことだ。なのに、今の日本では、それを他者に強要する。そんな社会的圧力が存在する。だが、そのおかげで日本がパンデミックを免れたと主張する人もいるので、善し悪しは棚に上げておこう。

それでも、自粛が長期間継続し、「コロナで死ななくても、自粛で自殺する人が増える」とみんなが語っていた。多くは、商売を自粛しなければならなくなり、経営破綻することや、失業することなどによる自殺をイメージしていたものと思われる。

ところが、統計結果はその真逆だった。非常事態宣言が出て、自殺者は激減したとの報道があったとき、多くの人が「え、どうして？」と不思議がるツイートをしていた。

僕は、まったく逆に考えていたから、この統計結果は「そうだろうな」と思った。つまり、学校へ行けない、友達に会えない、みんなで飲んで騒げない、などのストレスで自殺するような人間はいない、ということだ。そうではなく、学校に行かなければならない、友達と会わなければならない、みんなで飲んで騒がないといけない、というストレスで自殺する人間が、実は多い。だから、自粛期間が自殺者を減少させたのだ。

みんなでわいわい楽しくやろう、という人間が多数派だが、そういうわいわいがやがやが嫌いな少数派が存在する。そういう人たちを無理に誘って、仲間に入れようとする圧力が社会にはある。最近になって、その種の行為が、パワハラとして認定されるようになったし、多くのハラスメントの基本的な動機でもあるだろう。

酔っ払って騒ぐことが「楽しい」と思い込んでいる節もある。子供たちも、学校へ行くことが「楽しい」と思い込まされている。だから、インタビュアにマイクを向けられると、「友達に会いたい」と答える。そう答えること自体が、社会的な圧力の結果だろう。「仲間」や「協力」を必要以上に美化するマスコミにも大きな責任がある。

一人の方が良い、寂しい方が好きだ、孤独を愛している、そんな価値観があることを認めよう。実は、わいわいがやがや楽しみたい多数の人たちこそ、寂しがり屋で、仲間外れになることを恐れている。多数派は、自分たちの価値観で、全体を見ないように気をつけてもらいたい。人類の未来は、ますます個人主義へシフトしていくだろう。

10 高校野球が中止になったらしいが、僕が一番不思議に思ったことは……。

以前から繰り返し書いていることだが、僕は高校野球が嫌いだ。理由は簡単。野球が下手(へた)だからである。やはり、プロ野球に比べたら、観ていて「凄(すご)さ」が感じられない。それなのに、アナウンサも解説も贔屓(ひいき)口調で、エラーをしてもリプレィも流さないのだ。

そもそも、野球だけがこんな注目され、不自然に持ち上げられているのは、もちろん、マスコミが主催しているからである。ドラマを無理に捏造(ねつぞう)するのがマスコミの得意技なので、いまさら驚くようなことではない。

もちろん、野球に打ち込んでいる高校生たちに責任はない。でも、今の高校球児たちの多くは、小さい頃から英才教育を受けた人が多いようだし、親も野球をやっていたという環境が当たり前みたいだ。つまり、最初から「野球は他のスポーツより金になる確率が高い」ということを充分に理解しているだろう。べつに、悪くはない。そういうところに人が集まるのは、ごく自然のことであり、非難されるようなことではない。ただ、僕は、そういうのが、あまり性(しょう)に合わない、というだけのこと。それよりは、スケボーやサーフィンを応援したい。新しいスポーツの方が、邪念のない本来の「スポーツ精神」を感じられるし、ピュアな楽しみが、きっとあるだろう。監督に取り入らなくても良いし、さほどお金もかからないし、家族に負担もかからないだろう、今のうちはであるが。

コロナの騒ぎで夏の高校野球が中止になったというニュースが流れる少しまえだったか、「開催してほしい」という一万人の署名が高野連に届けられたそうだ。ちらりとその報道をネットで見て、僕は、これが一番不思議だった。つまり、「そういう願望というか、感情的なことが署名運動になるのだな」という違和感である。

そんな話をしたら、開催中止を決定した高野連の幹部や関係者、誰もが「開催したい」と思っていたはずだ。宿屋もバス会社も、地元の人たちもみんな「開催してほしい」と願っていただろう。つまり、誰もが同じ気持ちであったと思われる。しかし、現実には感染の危険が大きいし、予防を行う準備も大変だし、対策には金も人員もかかる。だから、やむなく中止になった。その決断は、誰も反対しなかったにちがいない。当然ながら、署名はまったく効かなかった。

問題は、感情的な「したい」「好きだ」というものを署名として集める意味である。これらは明らかに「意見」ではない。たとえば、「税金ゼロ」「長生きしたい」という署名を集めるようなものだ。誰だって、税金はない方が嬉しいだろう。違いますか？

11 日本の役所の申請書類は、すべて表の中に書き込むフォーマットである。

表というのは、日本の場合は、罫線(けいせん)で囲まれた四角のことで、「この四角の中に文字が入るように書き込みなさい」というものである。役所へ行って、なにかを申請するときには、これを強制される。僕は国立大学にいたので、事務手続きは例外なく、これだった。銀行でも同じだし、病院なんかもそうなのではないか。

だが、日本以外でも同じかというと、そんなことは全然ない。あまり「表」というものを見かけない。これは、日本人なら名前が多くても六文字くらいで、四角の中に収めることができるが、日本人以外の人の名前というのは、長さもまちまちで、スペースを決めにくいからだろうか。

そういえば、小学生のときの国語で使うノートは、一文字を一つの正方形に収めて書くように升目(ますめ)があった。平仮名だから、こういうことができるわけだが、しかし、たとえば小さい「っ」なんか、ちょっとバランスが悪くなるし、そもそも、漢字も平仮名も同じサイズにするのは、文章として見た場合に美しくないように感じる。漢字でも、大きく書かないといけない画数の多い字と、そうでない字があるだろう。

それでも、日本人というのは、こういった「杓子定規（しゃくしじょうぎ）」に馴染（なじ）む特質を持っている。郵便番号を書く欄が葉書や封筒にあるし、銀行の口座番号を記入する欄だって升目がある。そこに右寄せだとか左寄せだとか、きっちり指定される。おそらく外国人の多くは、こういった不自由さに対して、呆れるか、嫌な顔をするにちがいない。

コロナ騒動の最中に、東京都で感染者に関するデータの集計ミスが何度かあった。報じられたところでは、ファックスを使ってデータのやり取りをしていたという。その映像もネットで見た（本物かどうかわからないが）。やはり、表の中に必要事項を記入するタイプの書類で、それをファックスで送っていたらしい。日本はサモアリナン列島だ。

枠内に文字や数字が収まることで、なんとなく安心するという国民性は、たとえば団地や建売（たてう）り住宅にも見られる。都会というものが、あたかも大きな枠組みであり、その中にきっちりと収まるように大勢が暮らしている。ばらばらでは落ち着かないのだろうか。

大学で書類を提出するときに、僕はときどき事務の人に文句を言ったものである。「このスペースは小さすぎませんか？」と。必要以上に大きい欄もある一方、極端に小さな文字を書かないとスペースに収まらない欄もある。そういうときに、米粒にお経を書くような修業を、日本人は常日頃からさせられているのだな、と思ったものである。

12 パチンコ店にできた行列を非難する人たちが、見逃しているもの。

非常事態で自粛が要請されたとき、いろいろ社会の歪みが見えてきた。パチンコというのは、不要不急に属するらしく、多くの人たちが腹を立てて、その映像を見たようである。しかし一方で、出勤するビジネスマンたちが大勢駅から出てくるシーンなどは、非難の対象とはならない。こちらは必要なものだし、自粛要請もされていないから、という理由だろう。だが、どちらがウィルス感染が起こりやすいかといえば、明らかに後者である。「人の命に関わる」との大義を持ち出すのなら、どうして満員電車に自粛要請しないのだろう、くらいは考えても良い。実際、そう感じた人は多かったのではないか。

何故会社なんかへ行く必要があるのか、という根本的な問題を棚上げにしている。「だって、会社が来いっていっているから」と言い訳する人が多いが、だったら、そんな会社を非難するくらいはしても良いだろう。政治が悪いと腹を立てるよりも、そちらが本筋ではないか。僕から見れば、パチンコに行かなければならない、というのと、会社へ行かなければならない、はほとんど同じ条件にしか見えなかった。

　もちろん、まだ会社がテレワークなどの態勢になっていない、という問題はある。それは、パチンコ屋も同じだ。店に行かなくてもパチンコができるようなシステムは可能だろう。会社もパチンコ屋も、そういった未来形への移行を怠(おこた)っていただけだ。

　不要不急というが、それは誰が判定するのか、ということを考える必要があるだろう。「必要」とは、結局は個人的な事情でしかない。自分が生きていくため、自分が気持ち良く過ごすため、それが「必要」を決める。政府も決められないし、法律でも決められない。自分で決めるしかない。なのに、大勢で決められると勘違いしやすいのが、日本人なのかもしれない。ネットの普及で人の声が集まるようになって、集団評価のような幻想が、今は多少強くなっている。気をつけた方が良いだろう。損をするのは個人だ。

　何故、大勢が集まらなければならないのか。学校も会社も都市も、マンションも住宅地も、あるいは国会も会議もバスも電車も。効率のために人間を集めるシステムは、通信技術が発達した現代においては、ほとんど根拠を失っているのだ。つまり、集まる必要はない。すべてが不要不急の外出であり移動である。人間が移動することに、大量のエネルギィが消費されている。そのために地球環境が危機に瀕している。プラスティックのレジ袋どころの騒ぎではない。それこそ、ウィルスで何十万人が死ぬよりも、もっともっと大変な危機なのに、人類は今も不要不急の社会を建設し続けているのだ。

13

では、コロナ騒動の社会を少し俯瞰してみよう。

多くの企業が収益を落とし、経営が苦しくなったようだ。また、大勢の人々が仕事を失ったり、当てが外れたりして、困窮しているようだった。そういうニュースが流れていた。これに関して僕が考えるのは、「さて、では、いったい誰が得をしているのだろう?」という問題である。世の中では、全員が生きていくために活動を続けているわけだから、経済は止まっていない。大赤字になった会社や個人がいるのなら、それと同じ額の利益を得た会社か個人が存在するはずだ。そういう会社や個人は、たぶん黙っているだろうし、話題にも上らないのかもしれないが、きっとほくそ笑んでいただろう。

簡単なところから考えよう。人々が出かけなくなり、飲みにいくこともできなくなった。出かけるためや飲むために使うはずだったお金が、財布の中に入ったままだったら、この状態は、出かけられなくなった人や、飲みにいけなくなった人が黒字になっている。そういう人たちは、「儲かった」とは感じないのだろうか。

そう感じないのは、別のことに金を使っているからかもしれない。つまり、自宅で自粛するために必要な経費があって、食べるものや通信費を余計に支出した、などである。そうなると、スーパなどの食料品店は売上が伸びるだろう。また、ＩＴ関係の機器や設備の関連会社が儲かっているはずだ。

観光業が損をした分、ゲームが売れたかもしれない。映画や本も（デジタル商品として）売れたはずだ。Amazon なんかは、ほくそ笑んでいたはずである。

医療関係でも、感染病関係の部署は忙しくなった。そこで働いている人たちは、肉体的な苦痛を味わう結果になったと心配されるけれど、収入が増えた人はいるはずだ。その分野で消費される機材や薬品などは生産が追いつかないほど流通が加速しただろうから、当然バブルのように儲かったものと思われる。

さて、僕自身は、まったく影響を受けなかった。生活も普段のまま、変化がなかった。僕の家族も同じである。そもそもそういう生活を十年以上まえからしている。仕事でも影響はなかった。仕事は百パーセント、以前からテレワークだし、荷物も遅れず届いていた。僕は、世界中から模型を買っているが、これらも普段どおりで、まったく遅れずに届いた。世界はなにも混乱していないように、少なくとも僕には見えた。

コロナ騒ぎは、未来に続くものだ。ワクチンができても、さらに新型のウィルスが現れる。元には戻らない。「これからずっとこうなんだ」と思ってもらいたい。

14 「自粛を要請する」と「非常事態宣言を出せ」は同じくらい押しつけがましい。

二月末だったか、政府が突然、小学校と中学校の休校を発表したとき、「科学的根拠があるのか?」という批判の声が上がった。科学的根拠とは、せいぜい仮定値に基づいたシミュレーション(解析)結果くらいだろう。未知のウィルスなのだ。科学的根拠が出揃うのは感染が終わったあとになる。その「科学的予測」に先んじるためには、リーダの決断が必要となる。現に、科学的根拠のないリーダの決断が、多くの国で称賛された。それは、たまたま策が当たった国の話で、ようするに結果論である。

感染者が増えてきたら、ネット上では「早く非常事態宣言を出せ」というもの言いが増えてきた。科学的根拠もなく、みんなが騒いでいた。そもそも、「非常事態宣言」というのは、「出せ」と要請できるものなのか。出してもらったら、それで安心なのか?日本の場合、戦争で軍隊が暴走したトラウマを抱えているから、政府は国民に対して強い制御ができない。そういう法律が整備されていない。だから、非常事態だ、と宣言しても、それは運動会の「選手宣誓」くらいの響きしかない。具体的な力を持ちえないのだ。そんなことは、最初からわかっていた。それなのに、宣言が欲しい人が大勢いたのが実に不思議である。まあ、実際、宣言が出たあと、大勢が自粛したので、日本人というのは、「言葉」を信仰する国民なのか、と改めて感じた。言葉さえ出してくれれば、あとは大丈夫、というわけである。言葉には神が宿る、といったところか。

「自粛を要請する」という言葉も矛盾を孕んでいる。自粛はそもそも要請できるものではない。だが、日本には、「ご遠慮下さい」という言葉がある。これは「するな」の意味で使われているのだ。遠慮が要請できるのだから、自粛だって、自重だって、相手に対して強要できる。そういう「言葉の力」が日本語にはある、と解釈するしかない。

「やめろ」とか「するな」という命令形を、日本人は嫌うのである。面と向かってなされる直接的な要求は、「押しつけがましい」し「はしたない」と受け取られる。だが、意味は事実上同じなのだ。「俺は自粛はしないよ」という人間は、周囲から叩かれることになっているのだろう。実際、それらしいことが全国で起こった。

「屋形船」「ライブハウス」と指摘されただけで「名指しされた」と表現された。名指しというのは、固有名詞を示すことだが、一般名詞でさえも強い意味に取られるらしい。普段から「やんわり」としたもの言いで、なんとなく「心意」を伝え合っている日本語ネーティヴ・スピーカの特性といえるのだろう。英訳したら消えてしまう真意かも。

15

友達がいなくても良い、大勢でわいわいしなくても良い。そういう人もいる。

世の中の価値観は、多くは社会に溢(あふ)れる「声」によって形成される。大勢の声を聞いているうちに、それが「普通」だと思い込み、普通でないものを「異常」だと恐れるようになる。ところが、多くの声は、実は作られたものであり、その目的は「誘導」であったりする。誘導して、結局は誰かが儲けるような仕掛けができている。少し離れたところから観察していると、例外なくこれだ。「つながろう!」「元気を出そう!」と扇動されて、大勢が料金所の窓口に向かい、苦労して稼いだ自分の金を支払っている光景が見える。

今の世の中は、一人で生きていける。友達がいなくても、そんなに困るようなことはない。一人で楽しめるものが沢山ある。どうして、一人になることを恐れるのか。それは、大勢でいるだけで楽しいと思い込まされているからだ。

人を助けるのは、多くの場合、単なる「声」である。声援だ。応援や支援のように、物理的な助力があればまだましだが、ただの「がんばれ!」という声である。そういうもので、「気持ち」が高揚し、やる気を出す人間に作られているのが、現代人である。

実際問題として、孤独はほとんど問題がない。孤独死の何が悪いのか？　人間は誰でも本質的には孤独であり、死ぬときは他者を道連れにできない。死は孤独が普通である。

腹いっぱいにならなくても良い。毎日三食でなくても良い。ファッションに興味がなくても良い。充分な睡眠が取れなくても良い。無理に運動しなくても良い。そうしないと非常に悪い状況になると、社会的な「声」によって思い込まされているから、ほんの少し、平均から外れるだけで不安になってしまう。医者へ行き、薬を飲み、サプリを買うようになる。人間は、けっこうばらついているから、平均に近づこうとする必要はない。自分に合った生き方を見つけて、自分で体調を管理するだけで良い。人と合わせることは無意味である。そんなことに金を使っていたら、好きなことができなくなるだろう。

好きなことに金を使わせないように、「あなたはこれが欠けている」と吹き込んで、それが「必要」なもののように思わせ、金を巻き上げるのが、社会の商売の基本的な方針といえる。もちろん詐欺ではないが、ぎりぎり法律に合致するような際どいコーナを攻めてくるのだから、個人で防衛するしかないだろう。

自分の好きなことを見つけて、それをするのが「自由」というものだ。これを実現するためには、ある程度は耳を塞ぎ、「声」を聞かないようにするしかない。自分がしたいことか、それともみんなにつき合っているだけか、という問題を自覚しよう。

16 最近では、ほとんど作家の仕事をしていない。だから作家ではなくなったかな。

デビュー以来続けてきたブログを、昨年末（二〇一九年）に終了した。仕事は順調に減少している。平均すると、一日に三十分も仕事をしていないだろう。一カ月ほど、まったく仕事をしないこともたびたびだ。一年で、三冊か四冊の本を執筆して、あとはゲラを見るだけ。発行を減らせば、ゲラ校正の作業も減るから、雪だるま式に仕事が減らせる（表現が不適切で申し訳ございません）。

庭仕事をして、工作をして、読書（主に技術書、あるいは歴史書）をして、犬と遊び、模型飛行機やヘリコプタを飛ばし、庭園鉄道に乗って遊んでいる。ドライブもまだ大好きで、また車を（中古車だけれど）買ってしまった。そういったものの整備も面白い。

出版界は、このところは電子書籍にシフトしている。書店はぐんと減った。おそらく、大都市でないと書店は成り立たないのだろう。ネットが普及してもう二十年以上になるが、ようやくこの形態を人々が認識し始めたようだ。特に、コロナ騒動があって、否応なくネット環境に飛び込んだ人も沢山いる。印刷し製本したメディアをトラックで運んでいたわけで、それらの作業に関わる業者や、それぞれの経費が出版物に添加されていたのだから、もう少し早く大勢が気づけば、ステイ・ホームくらいで動揺しなくても済んだのではないか、と思われる。

とはいえ、僕自身はほぼ引退の身であり、業界からは離れ、また人や社会からも遠ざかってしまったので、そういった方面の「未練」や「希望」というものは残っていない。綺麗に切れた、と感じている。

それでも、まだまだ執筆の依頼は絶えない。減ってはいるけれど、絶えない。以前は一割くらいに応えている、と書いたけれど、まだまだ同じ状況といえる。でも、「そろそろ森博嗣でもないでしょう?」というのが、偽らざる気持ちである。

相変わらず、SNSには参加していない。そちら方面を覗くようなこともない。TVや新聞は、三十年以上まえから見ていない。ネットのニュースもほどほどにしている。見れば腹が立つ、というわけでもないし、もちろん、哀れだとか、残念だとか、虚しいとか、そういったこともさほど感じなくなった。これは、死ぬ覚悟ができたからかな?

そんな気持ちの整理とは裏腹に、今のところ健康である。医者から癌検診を勧められているけれど、「なったら死ぬだけですから」と笑って首を振っている。血液検査は受けたが、今のところ異常値はない。血圧も百十、七十くらい。毎日七時間ぐっすり眠れる。

17 「私は小さくどよめいた」「同じ本を買い被った」は新しいかも。

ネットを観察していると、これまでになかった言葉の使い方をしている人がいて、それが一人なら、「ああ、間違っているな」と済む話だけれど、同じ例を複数見たりすると、新しい「潮流」のような、あるいは「兆し」みたいなものを感じて、にやりとしてしまうことがある。こういう「新しさ」を発見するのは、そこはかとなく愉快である。「どよめいた」を「心に響いた」に近い意味で使っている人が幾らかいた。これは流行るだろうか。「これまでにない彼の言動に、私、ちょっとだけどよめいてしまいました」といった具合である。一人でもどよめけるのだろうか。凄いな。

似ているかもしれないが、「色めき立つ」も、だいぶ違う意味に使っている人がいた。「この頃、娘がやけに色めき立ってきた」という具合だ。それは、たぶん「色気づいてきた」と言いたかったのではないか、と想像する。そうでなくても、人によって、微妙に使い方が異なっている。僕は、「緊張する」「関心があって興奮する」という意味で「色めき立つ」を使うが、単に「ざわつく」とか、「合点がいく」くらいの意味で使われている場合を多く目撃している。

「買い被る」というのは、実際の価値より高く評価することだ。同じ本を、未読だと勘違いして再度購入してしまう、という意味に使っている人がいる。たしかに、「買う」ことが「被る」状況なので、なかなか技巧的な間違い方といえる。

ちなみに、買い被るの反対語は、たぶん「見損なう」だと思う。これは、低く評価することだ。だから、知合いと喧嘩をしてしまったときには、「これまで、君を買い被っていたよ」と言えば、貶す言葉になるし、「見損なったぞ」というのも正しい。しかし、「お前のこと、見損なっていたよ」は反対の意味になる。ジョークとして面白い。

以前にも、本を最後まで読むことを、「読破」といっている人が多いと指摘したことがあるが、最近になってますます増えてきた。もう、間違いとはいえなくなりそうだ。本来は、「完読」というべきところだろう。「完食」のことも「食破」というようになる？

もっと普通になってしまったのは、「煮詰まる」だ。これも再三指摘してきたが、もう諦めた。おそらく、ＴＶなどでも普通に使われているのだろう。

五年ほどまえから、「午後ほど雨が降りやすい」の「ほど」の使い方が気になっている。本来は、「午後に近づくほど」が正しいと思う。「北ほど」も違和感がある。「北へ行くほど」だと僕は思う。そろそろ、僕の日本語も古くなってきたということか。

18 「写真はイメージです」は、もっと別の言い回しにならないでしょうか。

これは、ある記事に使われている写真が、実際の記事の内容と具体的に関係がない、というときのキャプションとして添えられている文句である。目にされることが多いはずだ。だが、よくよく考えて、実に不思議な言い回しであり、日本人以外にはまったく意味が通じない。どう英訳するのだろうか。

興味があったので、グーグルに英訳させてみたら、「The photograph is an image.」で、まさに直訳である。この英語を、和訳させてみると、きっちり元に戻る。うーん、通じているのか。「an」になっているから、単なる「一つの映像」である、くらいの感じだと思う。無理にイメージなんて英語を使わずに、「写真は内容とは無関係です」と記すのが理にかなっているだろう。紛らわしいが、紛らわしさを狙って(ねら)いるのだ。

そもそも、写真はどれもイメージ(画像)である。イメージでない写真があったら、驚くべき事態だ。心霊写真なんかを思い浮かべてしまうが、だいぶテーマから外れる。

また、イメージには、「心象」の意味もあって、この意味でこの言葉を使う日本人が非常に多い。「彼、イメージ悪いよね」といった具合である。これは、見た目が悪いという意味ではなく、印象が悪いということで、目には見えない要素を指摘している。だが、英語のイメージは、どちらかというと外見のことで、イケメンだったら、イメージが良いはずなのだ。日本人は、見えないものを見ているし、見ようとしている。

「写真はイメージです」はよく見かけるのに、あまりお目にかかれないのは、「イラストはイメージです」である。どうしてなのか、理由はわからない。写真の場合、無料で使えるものを理由もなく引っ張ってきて、それこそイメージを良く見せるのを狙っているわけだが、イラストでは、そういうものがないのだろうか。ネットの記事では、たいてい外国人モデルなどの写真が使われることが多く、単にアイキャッチの役目にしかなっていない。英語の「eye catcher」は、人目を引くもの、目玉商品のことだ。そういえば、日本の多くの雑誌はカバーに女性モデルの写真を使う。本の内容とは無関係の場合が多く、まさに「カバーはイメージです」となっているようである。

「まだイメージの段階なんですが」と日本人はよく話す。この場合、具体性のないものというイメージらしいが、外国人が「君のイメージを聞かせてほしい」と言ったら、具体的なことを答えた方が、きっと信頼を得られるだろう。ジョン・レノンのイマジンも、あまりぼんやりと聴かない方が良いのではないか。単なる僕のイメージですが……。

19 「ハグ」は、日本語の「はぐ」と同じ意味のようだ。

しかし、日本語の「はぐ」という動詞は、「剥ぐ」の方がメジャになり、そちらは「ひっぺがす」という意味だから正反対になってしまう。そうではなく、漢字で「接ぐ」と書く方の「はぐ」。おそらく、大勢の方がこの言葉を知らないのではないか、と想像する。使われているとしたら、「つぎはぎ」のときくらいか。これは「継ぎ接ぎ」と書く。パッチワークのように、つなぎ合わせていくことをいう。

接骨院は、看板に「骨つぎ」と書かれている場合が多い。骨折したり、関節が外れた場合などの治療をするのだが、今は病院や外科医の方が一般的になったのだろうか。だいたい、骨つぎをしているのは、柔道の有段者だったりしたものだが……。

「はぐ」の方は、布をつぎ合わすときなどに使うらしい。ほとんど死語になってしまったかもしれない。木材を使った工作でも、「はぐ」が使われている。でも、やはり今なら「接着する」といってしまうだろう。

昔の子供たちは、つぎはぎだらけの服を着ていたものだ。僕よりも少し上の世代の話で、僕の年代になると、もう日本はそこまで貧乏ではなかった。破れたりした服を直し、穴が開いた場合に、別の布を当てて縫いつけて穴を塞いだ。だから、「継ぎ接ぎ」となったわけだ。

たぶん、多くの人が、「つぎはぎ」は、「継ぎ」と「剝ぎ」だと誤認しているのではないか。剝いだりした部分を継いだ、くらいの感じで想像している可能性が高い。最近では、穴の開いたジーンズなんか、お洒落になってしまった。肘のところなどに布が当てられているのもデザインになった。だから「つぎはぎ」を誤解していても、まんざら間違いとはいえなくなっているのが実情である。

コロナ騒動で、西欧などで一般的な「ハグ」が感染リスク高しと槍玉に上がったが、日本人には、そもそもこの習慣がない。握手だってしないし、まして頬を寄せあったり、キスしたりするのも、普通の関係ではまずないだろう。東洋の国では、両手を合わせて挨拶するところもあるが、相手に触れない点では共通している。挨拶とは、そもそも敵意がないことを示す動作にルーツがあって、武器を持っていないことを大げさに示したのである。「つながりたい」といった今風の意図が元では、そもそもない。

少しまえなら男女が手をつなぐだけで、眉を顰められたりした。それが、今では日本人がハグを当たり前にするようだ。この際、「接ぐ」という動詞を復活させてはいかがか。

20

外出自粛に日本人が素直に従ったのは、「民度」が高いからではない。

もちろん。「民度」なんて摩訶不思議(まかふしぎ)な言葉を、僕はよく知らない。たとえば、「上から言われたことには、逆らえない恐怖心」だったりしたら、たしかに「高い」かも。

日本人は、周囲の大勢に自分がどう見られているのか、ということを非常に気にする民族だろう。外国人は、周囲からは自分が際立っていたい、目立ちたい、という気持ちを持っている人がけっこういるのに対して、日本人の場合、良くも悪くも注目されたくない。周囲と同じようなレベルで溶け込んでいたい、という気持ちを共有している。全員ではなく、そういう人が多いみたいだ、という観測である。

自分だけ、自粛せずに出かけて、自分だけで楽しもう、という人なら、こっそり出かけるだろう。外国人は、このタイプが多数派のように僕には見える。だから、罰金などを定めて規制する必要も出てくるわけだ。

日本人は、近所の人から変な目で見られたくない、と思う。でも、こっそり出かけるなら大丈夫のはずだ。だが、今はそうではない。そう、ネットに見張られている。

現代の日本人の多くは、自分の行動をネットで見てもらわないと価値を感じられない人間になっている。面白いもの、美味しいもの、素敵な場所へ行っても、そこで写真を撮って報告しないと、自己満足できない。みんなに羨ましがってもらわないと、自分が楽しめない。そういう人が非常に増えているのだ。

ところが「自粛」となれば、そのネット自慢ができない。しようものなら、寄って集って非難される。そうなるともう、わざわざ出掛けたくなくなる。自分がやりたいこと、自分が行きたいところではなくて、やっている自分を見てもらいたい、行った自分を羨ましがってほしいだけだったのだ。自粛が日本で効いたのは、行動の個人的理由が失われたため、「見てもらえないなら」、と自粛せざるをえなくなった、というのが、僕の見立てである。喜ばしいことなのか、嘆かわしいことなのかはあえて書かない。

昔から、周囲の目を気にする風習はあった。集団の一員となることが、日本人の安心安全の基本だった。いくら個人主義になっても、当然簡単に消えるものではない。ただ、比較的この束縛から逃れた人たちが都会に集まった。東京で感染者が多く出た理由は、鉄道を利用していることに加えて、この価値観の微妙な差があったのではないか。

都会人は、自分勝手に行動する人が多いのではなく、そういう人が田舎を離れて都会に集まっている、ということ。その遺伝子は、一世代では薄まらないようだ。

21 どうして、周囲に聞こえるような大声で話したがるのだろうか?

どうも、最近は「声が大きい」ことが元気があってよろしい、といった風潮でもあるのか、やたらと子供に大きな声を出させる傾向にある。スポーツなどでも、「声が小さい!」なんて叱られたりするのだ。僕の個人的な印象だが、だいたい声が大きい奴ほど馬鹿だという気がしている。頭の良い人は、静かに話すものだ。

話している相手に聞こえれば良い。それが声を出してしゃべる目的である。相手以外の人には迷惑にならないよう、また余計な話を聞かせないように、声の大きさを抑制して話すこと。一般に、上品な人の発声法というのは、「押し殺した」と表現されるほど静かである。声の大きさが意見の強さではない。感情を声の大きさで表現する必要もない。ただ、意見や理屈を述べれば良い。それが相手に伝われば、コミュニケーションは充分に機能しているし、その内容が正しいかどうかが次の問題となる。量ではなく質なのである。

ところで、ツイッタで自分の意見を述べるのは、大声で話をしているようなものだ。もちろん、大勢に聞いてもらいたい内容であれば、それで良い。だが、誰かの発言に返答するような場合にも、みんなに聞こえる声で話すのは、少々馬鹿っぽい。

僕がツイッタをしないのは、大勢に聞いてほしいようなことが、まったくないからだ。自分の意見はあるけれど、それに賛同してほしいとは考えない。誰かの発言が気に入らない場合には、その人に反論するだけで用は足りる。

例外的な場合といえば、政治的な「力」にしたいときくらいか。署名を集めるような場合である。だが、中国では必要かもしれないが、日本は民主国家だから、主権は国民にある。国民の投票で政治家やリーダが選ばれる。マスコミはしばしば大勢を煽動し、徒党を組むようなことを仕掛けたがるけれど、僕は興味がない。自分の意見は述べるけれど、徒党を組むことが嫌いだ。僕の意見に賛同する人は、それぞれ行動すれば良い。つるみたくない。だから、ツイッタなどで、芸能人が政治的な発言をするのを見かけても、「どうして、大勢に影響を与えたいのだろうか？」と、その動機が理解できない。不思議だ。

もう少し具体的にいうと、声を集める機能としてある「ハッシュタグ」が、僕は嫌いだ。自分の言いたいことを述べるだけで満足できないのだろうか、と思ってしまう。

ネットは匿名性が持ち味だったけれど、最近は誹謗中傷をやめさせるために、匿名を排除するような動きがある。結局、ネットも普通の社会になっていくように観察される。以前の特別な環境は、とっくに失われている。

22

決算書では、マイナスを△で示す。こんなわかりにくい記号、やめたらどう？

白い△だったり、黒い▲だったりするが、どちらもマイナス、つまり「－」の意味である。つまり、赤字の額を示す。「△10円」は、「-10円」のこと。どうして、こんなことを知っているかというと、学会の委員会などで会計を任されたりすることがあったためだ。日本だけの習慣らしい。少なくとも海外では通じないはず。

△に色が塗られているものもあって、赤い場合はプラス、青はマイナスを示すという（話を聞いたことがある）。これは、ますます紛らわしい。「赤字」なのだから、赤をマイナスにすべきだろう。青は信号機だって「進め」だから加速するし、赤信号は減速でマイナスが相応しい。もしかして、赤字は「なんとなくブルー」なのだろうか？

また、株の値動きを示すときには、△がアップで、▽がマイナスだという。これも非常に紛らわしい。決算書と逆ではないか。誰だ、こんな変な記号を決めたのは？

もっと紛らわしいのは、会計報告をしているとき、「今年度は、約マイナス十万円の赤字となりました」なんて言う人がいること。この場合、「マイナス」は不要だ。このままだと、「十万円の黒字」と同じ意味に受け取られる（理系の人間はそう理解するはずだ）。「マイナス成長」という言葉でも同じであり、それは「成長」ではない。ただ、「成長率」になると、（母数で割ったパーセンテージという意味だが、）増加率の差分を問題にしている場合もあって、「増加のし方が昨年より少ない、つまり、増加はしているものの、勢いが衰えている」の意味で、マイナスを使ったりするようだ。難しいですね。素人を煙に巻くための用語といってもよろしいかと。

そもそも、どうしてマイナスを△という記号にしたのか。これは、デルタの意味で、数学でいう差分から来ているらしい。だが、差分だったら、プラス・マイナスいずれでもいえるので、マイナスだけの意味にはならない。赤字とか黒字という言い方もよくわからないが、とにかく、「差」という言葉を使い、プラス・マイナスをつけて数字を示せば、それで充分ではないだろうか。

これに似たものとして、「加速度」という言葉があって、これは速度の差分である。加速度がマイナスになると、ブレーキがかかっている状態で、つまり減速していることになるけれど、まだ前進はしていて、速度はプラスである。スポーツカーは、加速度がいくつだとかで、エンジンの馬力が話題になるけれど、ブレーキも加速度であり、スポーツカーの重要な性能の一つである。

23 「ナレ死」って、素敵だなぁ。理想の死ではないか、と思う。

「ナレ死」という言葉を、ネットで見かけることが多い。最近意味を知った。ドラマ（特に時代劇だろうか）などで、キャラクタが死ぬ場合、きちんと死際(しにぎわ)のシーンがある場合と比較して、ナレーションだけで「誰某(だれそれ)は亡くなった」と語られるようなものを示すようだ。つまり、それほど重要なキャラクタではない、という演出側の判断があって、ファンは残念がって「ナレ死かよ」と溜息(ためいき)をつく、ということらしい。

それでも、死んだことをナレーションで告げてくれるのだから、どうでも良いキャラクタではなかったわけだ。二度と登場しないとか、他のキャラがなんとなく、死を仄(ほの)めかすようなのよりは「公式」っぽい感じがする。

連想するのは、「孤独死」であるが、単に死際のシーンが放映されないだけで、孤独だったかどうかは別問題だ。でも、嘆き悲しむ人々を描くほどでもない、と評価をされていることは確かだ。まあ、ドラマティックな死に方ではなかったのかもしれない。

僕は、孤独死は良い死に方だと認識していて、死ぬときくらいは一人でこっそり死にたいものだ、という気持ちは持っている。家族に看取られたいとかは全然思わない。同様に、両親が亡くなったときも、死際に居合わせたいとは思わなかった。どちらも病院で亡くなったし、電話があったので行ってみたら、既に亡くなっていた。死の瞬間を見逃したという残念な思いも、まったくない。これは既に書いたことだ。

僕が死んだら、死んでだいぶ経過したのちに、「どうも、森博嗣は死んでいたらしい」と噂が広まるとか、あるいはネットの小さなニュースで、「数日まえに死亡。葬儀は行わない」くらいを告知してくれるだけでよろしい。つまり、「ナレ死」で充分だ。というか、必要充分だと思うし、これから、葬儀というイベント自体が、どんどん縮小される方向にあるだろう、と考えている。大勢がわざわざ集まって、故人を忍ぶ必要はない。忍びたい人は、勝手に小グループで自主的にやってもらえば良い。誰も反対はしない。

ネットを活用した死に方も、今後考案されそうな気がする。葬式自体をオンラインで行うわけである。あるいは、死ぬまえから本人が準備をしておき、死んだら知合いたちに一斉にメッセージが届く、なんていう押しつけがましいものも、今のネット社会を見ていると登場しそうだ。自撮りやインスタ映えが流行っているし、終活も盛んなご時世だから、と考えたが、しかしこれではあまり儲からない。儲けたい人は、物理的に人が集合するイベントをやりたがるだろう。それももちろん、好き好きである。

24

最高の教師とは自分自身であり、このため、教育格差は広がるばかりだろう。

自分のことを誰よりも理解しているのは、当然ながら自分である。すべてを見ているし、気持ちも充分に察している。自分の性格や能力に合わせて適切な指導ができる。励ましたり、我慢させたり、将来を見越したり、反省を促したり、自分自身が、最も的確な指示を出せるはずだし、最後まで信頼がおけるのも自分だ。自分は嘘をつかないし、また見栄なども張らずに済むし、誤魔化すことも、騙すこともできない。

天才といわれる人たちが、例外なく早熟なのは、指導する教師も天才だからである。一とおりの結果が出てから評価するのではなく、プロセスの細かい一段一段において、すぐさま自身を評価し、修正し、的確な指導をするから、あっという間になんでも上達する。これを外部から見て「早熟」と呼ぶのだ。

幼いうちから、教育環境に恵まれ、親切な教師から指導を受けた人と、そういった指導を受ける環境になかった人では、しばらくは前者が成績が良い。だが、この条件が持続しても、年齢が上がってくると、教師に恵まれていても、いなくても、自身の能力が次第に前面に出始め、優秀な人間は頭角を現す、という統計結果が示されている。

つまり、優秀な人間は、優秀な教師が成長することで、より的確な指導を受けられるようになり、内面の教育環境が整ってくるということだ。

一方で、優秀でない人は、「教えてくれる良い先生がいない」という不満を持つようになる。思うようにいかないときには指導態勢に問題がある、と考えるようになる。

学業だけではない。社会人になり、仕事に就き、仕事を覚え、社会的な立場を確立していくうえでも、自分という指導者の能力によって、自分の成長が大きく左右される、と考えられる。

ということは、能力のある人は、より良い先生を自分の中に持っているわけだから、教育格差は広がるばかりだ。学びたいと欲する人は、自分を指導したいと欲するから、自然に知識を吸収し、成長する。また、自分が成した結果を、自分で評価し、それを参考にして、自分のやり方を修正できる。これも、能力差が広がる原因といえる。

もう少し年齢が上がると、もう自分に教えることはない。指導するなんて億劫だ、と感じる人が多くなる。そういう人は、そこで成長が止まる。もう充分だ、と自分に満足しているから、成長を止めることも、自分の願望の一つといえる。

「人間は自分がなりたい人間になる」とは、こういうメカニズムによる。

25 他者を非難する人は、他者から非難されることを恐れている人である。

僕は、人から非難されてもなんとも感じない人間なので、人を非難することの意味も価値もわからない。人を非難してはいけないとか、非難はやめましょう、というような気持ちさえない。人の悪口なんて、そんな面倒なことをする気になれないだけだ。

人を非難する人、特に汚い言葉で人を詰る人というのは、すなわち、他者から自分がそういうことを言われたくない、非難されたくない、と恐れている。恐れているのは、非難という行為が有効だ、やる意味がある、と評価している。だから人を非難する。同時に、非難することで自分は非難される側ではなく非難する側に立てる、という安心感も抱く。だが、反撃されたくない。反撃は、自分に対する非難と感じるから、そういうのに極度に弱い。だからこそ、陰で悪口を言うし、ネットでも匿名で非難する。そういう安全な立場でないと攻撃ができない、と思っているからだ。

非難されることをなんとも思わない人は、自分を曝け出しても非難ができる。匿名である必要を感じない。こういう人は、滅多に人を非難しないのだが、たまには我慢がならないことに出会う。そういったハードルを越えて非難をするのだから、非難するだけの理屈に自信がある。感情論ではない、とも考えている。だから、実名でも非難できる。自分の意見に責任が持てるような非難だから、反撃があれば、議論ができる。

もっとも、ネット社会で問題になる誹謗中傷は、個人間のやり取りではなく、誤解であっても鵜呑みにしてしまう周囲の多数を意識して発するものだろう。このときにも、そういった「多数」に価値があると感じている人が、誹謗中傷を公開し、またそれを受けた人も「多数」の誤解に悩んでしまう。僕のように「多数」になんの価値も感じない人間は、そういった行為から遠いところにいて、不思議な現象だな、と思うだけだ。

たとえば、自分に対して、「お前は馬鹿だ」と言われても、「あらら、何を根拠に言っているのだろう。もしかして、この人は馬鹿なのかな？」としか思わなければ、腹立たしいとも感じないし、非難されている、虐められているとも認識しない。だから、言い返すこともないし、笑顔が消えるようなことにもならない。そうすると、相手は面白くないから、そこで非難は終わってしまう。やはり、非難する方も「手応え」を感じたい。感じられると期待している、ということ。そこに最大の弱みがある。

大変不謹慎な言い方になるが、結局は、似た者どうしが、非難し合い、傷つき合うことになる。傷つきやすい人ほど、人を傷つけたがるので、そういう方は気をつけよう。

26 老人は若者の欠点を指摘し、若い先輩は後輩の長所を見ている。

年齢が近いほど、相手の良い点を見る傾向にある。これは、憧(あこが)れや親近感によるものだろう。一方で、老人が歳の離れた若者を評価するときに欠点を指摘するのは、それが最も本人の成長に寄与すると知っているからだ。だが、そのアドバイスは奏功しない。

それ以前に、断絶がある。二十代の若者が歳寄りだと認識するのは、四十代か五十代だし、六十代以上の歳寄りが若者だと認識するのも、四十代か五十代だったりする。つまり、この中間の年代の人たちは、どちらからも煙たがられ、また青二才扱いされる傾向にあって、不憫(ふびん)なことである。そういうわけで、そもそも二十代の若者と六十代の歳寄りは、異次元の世界にいる。お互いに姿が見えないようなものだ。存在くらいは知っていても、声が届くようなことがまずない。遺跡を発掘するようなコミュニケーションしか存在しないため、生きた人間の声として聞くことができない。こういうのを「波長が合わない」と表現したりするが、現実的な一例は、モスキート音だろうか。

若者は、とにかく褒(ほ)めてもらいたい。欠点なんか指摘されたくない。一方、歳寄りは、今さら褒めてもらったところで嬉しくもなんともない。むしろ欠点を指摘してくれた方が、相手を信頼するだろう。それくらいには熟しているのだ。

スポーツなどのコーチは、年齢が近い方が適している。スポーツというのは理屈ではなく、メンタルな課題が多いし、躰（からだ）だって理屈で動いているわけではない。スポーツ科学や人体の力学を持ち出しても、若いスポーツ選手には通じないだろう。スポーツ選手は、とにかく一様に若いのである。

一方、学問の世界の新人というのは、三十代くらいだろうか。二十代のうちは、まだ生まれていないか赤子のような存在で、学問のスタートを切っていない。こうした新人は、老健な先人の声を聞きたがる。それは、自分のどこが間違っているのかを指摘してくれるからだ。学問というのは、メンタルではなく、理屈の世界なので、とにかくより正確な情報が求められる。そうすると、あらゆることを知っている歳寄りが頼りになる。たいてい、学問の指導者というのは、歩くのもままならないほどの歳寄りで、それくらいが絶頂期ともいえる。数学など、思考力が勝負となるような分野では、絶頂期が比較的若く、三十代くらいだったりする例外もあるけれど、それでも、指導者としては、その後に成長の余地が大いにある。その余地は十年くらいで簡単に満たされることはないだろう。ただし、歳寄りは憧れの的ではなく、単なる尊敬の対象といえる。

27 水害は今後増加する。堤防(ていぼう)の決壊を防ぐ方法はなく、引越が最も簡単な対策。

こういう話をすると、カッとなる人が大勢いらっしゃることと想像するけれど、個人の事情や感情論を抜きにして、客観的なことを書きたい。被災者の気持ちに寄り添った文章ではないかもしれないが、あくまでも工学的な一意見として受け止めてもらいたい。

温暖化が主原因であるが、今後雨量は増える傾向にあると予想されている。これまでは大丈夫でも、今後は被害が出やすく、しかも頻繁に繰り返されるだろう。

河川の増水によって、最近大規模な水害が各地で発生している。死者も出ているし、家を失った方も数多い。水害の危険がある地域というのは、ほぼ予想でき、危険区域として指定されているから、避難をするしかない。それで人は助かっても、家屋が流されたり壊れてしまったりする。農地も駄目になり、工場の設備などもやられてしまう。

決壊した堤防は、工事で元どおりにできるが、また決壊するかもしれない。かといって、そこだけを以前より高く作り直しても、少し離れた別のところが決壊するだろう。全域の堤防を補強することは、少なくとも短期間（十年程度）では不可能だ。

もし、家屋が全壊あるいは半壊した場合には、その土地を離れるか、あるいは基礎を高く作り直して、高床式（たかゆかしき）の住宅にするべきである。自治体の指導で、そのような方向性を示すことが重要だろうし、そのための補助をするのも有効だ。

たまたま見たニュースでは、自治体か国が堤防の修繕について説明する集会に、被災者の人たちが集まり、「もっと堤防を高くしてくれ」と要望を出していた。また、工事の責任者からは、高床式の住宅を推奨する意見が述べられていた。ところが、住民は感情的になっているのか、「そんなものができるわけない！」と怒りをぶつける。こういった場面では、理屈が正しく伝わらないものだな、と僕は感じた。難しい問題だとも思う。引っ越してくれとは言えないし、言われたとおり堤防を高くすることも無意味だし、せめて住宅を高くしてほしい、という意見さえ通らない。

平野というのは、かつて川が氾濫（はんらん）して土砂が流れ溜まった土地である。そういう場所に田畑を作り、人が住むようになった。このような場所は地盤も緩（ゆる）いので、地震にも弱い。また、近くに山があれば、土砂災害を受けやすい。災害に弱い、危険な場所なのだ。

日本は人口が減っているのだから、全体的に見れば、安全な土地を選んで住むことは、それほど難しいわけではない。「ここは先祖代々暮らしてきた場所だ」と拘（こだわ）らないことが大切だと思う。どうしてもというなら、災害を覚悟した生き方をするしかない。

28

会社勤めに比べて、個人事業はリスクが高い分、儲けが大きいのが常識。

僕の父は脱サラで建築業を営んだ。母はそれに反対だったようだ。会社勤めの人と結婚したのに、店の手伝いをしなければならなくなった。収入も不安定だからだ。父は、人一倍慎重な性格の人で、借金もしなかったし、商売を大きくすることにも躊躇(ちゅうちょ)したようだ。雇い上げる人数も最小限にしていたという。

父は常々、「商売はリスクが大きい。病気になっただけで収入がなくなる。儲かるときは金額が大きいが、いつ仕事がなくなるかわからない。雇う人数が多いほど、リスクは大きくなる」と話していた。暗に、息子には「商売なんてするものじゃない」と教えているようだった。僕が公務員になったときには、両親は喜んだ。小説家になったときも、「勤めを辞めない方が良い」と言っていた。僕が大学を辞めたのは、母が死んだあとであるし、父には、もう働く必要がないだけ蓄えができた、と説明をした。

適切な例ではないが、国が戦争を始めて、空から爆弾が落ちてくるようになっても、「商売ができない」と国に訴えることはできなかった。補助金など出るはずもない。それどころか、家が破壊されても、家族が怪我をしたり死んだりしても、なんの補償もなかった。

戦争は明らかに政治家のミスで起こった人災にもかかわらず、こうなってしまった。もちろん、その政治家を選挙で選んだのだから、しかたがないといえばそのとおりだった。

「コロナで店を閉めれば、家賃と光熱費、人件費で一カ月に一千万円もかかる。補助金をもらっても焼石に水だ」と訴えている人たちがいた。少なくとも、政治家のミスで、このウィルス騒動になったわけではない、と僕は思う。また、そんな大金をつぎ込むことで大儲けを企んでいたのだから、それもしかたがないのではないか、と僕は考える。少なくとも商売とはそういうものだ、と僕は教えられた。

大金持ちは、大勢の召使が働いて大邸宅を維持している。商売に失敗したら、その生活を維持できない、どうしてくれるんだ、と言っているのと同じである。

ただ、そういった訴え自体を非難しているのではない。商売が上手くいっている時期には、誰もが黙っている。黙ってほくそ笑んでいた。そのときに、いざという場合に備えて蓄えておくべきではなかったのか、くらいは尋ねても良いのではないか、と思うだけだ。

高い家賃は、高い収益が得られる土地だから高く設定されている。儲けが大きいほどリスクは大きくなる。僕の仕事は、誰も雇わず、僕一人だけで完結している。それでも、健康に注意が必要だ。それらもすべてマネージメント、つまり管理なのである。

29 仕事とは、社会や他者にとっての価値を産み出す作業のことである。

「価値」という言葉は、なかなかに抽象的であり、広い範囲で使われている。別の単語にすることがけっこう難しい。僕は、「価値がある」というタームをよく文章で使う。似たものに、「意味がある」とか「意義がある」などもあって迷うけれど、「価値」の方が、効果が直接的であり、また一般的、あるいは客観的な対象に使われることが多い。

たとえば、僕は今、小説を書いて、それを売ることを仕事にしている。僕自身は小説は読まないので、自分にとっては、小説の価値がそれほど大きいとは感じない。しかし、自分にとって価値がまったくないものを人に売ることは、できないだろう。やはり、大勢の人たちの気持ちや嗜好を意識して、価値がありそうなものを作るように心がけている。

自分にとって最高に価値があるものでも、他者にはその価値がわかってもらえない、という観測も往々にしてある。僕は自分が好きなものを人にすすめたりしない。相手が興味を示し、是非と求めてこないかぎり、見せたり、説明したりもしない。

逆に、自分にとって価値がないものは、やはり人にあげたり、人にすすめたりしない。これは誰でも、だいたいそうなのではないか。僕は餡子(あんこ)が嫌いだから、餡子の入ったお土産(みやげ)を買うことはない。相手が餡子が好きだとわかっていても、買うことはまずない。どんな餡子が良いのかを、僕には判別できないからだ。

これも、例が悪いかもしれないが、僕はサインというものに価値を感じない。だから、僕はサインをしない。著作にサインがされているだけで本の価値が上がるとは理解できない。つまり、サインは、僕にはゴミのようなものだから、ゴミを付録にして自分の商品を売る行為は、僕には無理なのだ。これは、相手がそれを欲しがっていると理屈ではわかっていても、僕の問題として抵抗が大きい、という意味である。

仕事なのだから、そこは割り切って、と考える方が正しいかもしれない。現に、小説の内容などは、僕の嗜好に沿って書いているわけではない。読者が期待しているのは、このあたりかな、と想像して書いている。なにしろ、僕は自分の小説は一切読まないのだから、自分のために書いているのではないことは確かな事実といえる。

小説よりは映画が好きだし、頻繁(ひんぱん)に見ている。でも、ミステリィはあまり見ない。血生臭(ちなまぐさ)いものも避けている。また、映画を見て「良いな」と感じても、そういうものを書きたいとは全然思わない。ただ、どこに価値があるのかな、という部分を抽象し、それを使わせてもらうことはある。抽象的なものは「真似」ではないし、誰も気づかない。

30

「トリアージ」が話題になったけれど、誰も意見はないみたいだった。

今回のウィルス大流行で、この「トリアージ」が話題に上がった。医療資源が限られている状況で、治療の優先順位を決めることをいう。人の命は誰でも同じ価値があるけれど、結果的に無駄になるものに時間や資源や労力を注ぎ込めない場合もある、ということだ。

このような考えは、大昔からあっただろう。もちろん、昔は人権というものがなく、人は平等ではなかったから、それに応じた判断があった。病気の者や、平均から外れた者は、社会からも排除されがちだった。その時代には、それが「効率的」だと認められた。病気で死にそうな者には食料を与えない。働けないような老人は捨てられた。今では考えられないことだが、「人の命はなにものにも代えがたい尊いものだ」とは考えられていなかったのである。言葉を換えると、命より大事で守るべきものが存在した。

こういった命の選択をするような立場には、誰もなりたくないだろう。個人が判断すると、感情が紛れ込む。たとえば、大勢の犠牲と、自分が愛する一人の命を天秤にかけるような場合を想像してもらいたい。何が「正義」か、という問題にもなる。

できることなら、精密なルールを決めておくべきだろう。感情を排したルールしか、このような選択はできない、ということだ。医療の現場では、そんな取り決めが当然あるはずだが、それでも、いざその場面になると、自分の責任で選択しなければならない、という重圧が、大きなストレスになることは容易に想像できる。

医療でなくても、この問題は生じる。たとえば、犯罪を裁くような場合がそうだし、もっと身近であれば、人が使うものを設計したり、作ったりするときにも紛れ込んでいる。何を優先するのか、もしトラブルがあったとき、どのような順に解決し、どんなウエイトで労力をかけるのか、といった問題である。

命は、人間のものだけではない。動物にも、また植物にも生命がある。これらと人命の重さと比較するような場面も頻繁に訪れる。なにものも殺生せずに生きることは不可能だ。なんらかの優先順位を、各自が決めていくしかない。ここにそれぞれの価値観や、生き方が反映されることになるだろう。

おそらく、今回の「トリアージ」に対しては、大勢の方が眉を顰め、「嫌だよねぇ」と溜息をついただけだっただろう。そんなことは「考えたくない」というのが、正直なところではないか。しかし、その場に立ったときに考えることではない。平和なとき、暇なとき、余裕があるときにこそ、考えておくべき問題なのだ。

31 「権力」というものが、最近になってようやく少しわかってきた。

権力を持っている人のことを「権力者」という。なんだか、「力持ち」みたいな感じで捉えているが、「力」という一字が入っているためだろう。「あの人は力を持っている」といった表現も、しばしば耳にするところだ。権力とはいったい何だろうか？

力持ちというのは、力を持っている人だが、力はそもそも「持てる」ものではなく、「出す」ものである。力持ちというのは、力が出せる能力を持っている。「能力」にも「力」が含まれていて、力を出すことができる才能を示している。才能とは、出せるときにいつでも出せる「潜在力」みたいなものだが、ここにもまた「力」があって難しい。

力というのは、目に見えない。それを出すと「物が動く」作用のことをいう。物理学では、力は「物体の速度を変化させる」ものである。物体には質量があり、力は質量×加速度で数値化される。

権力は、何を動かすものか。それは人間である。自分一人を動かす力なら、誰でも持っているが、大勢の人間を動かすためには、もっと強い力が必要となる。人々を納得させたり、感動させたりして動かす場合は、「指導力」などと呼ばれるが、「権力」は、納得や感動を端折った、もっと直接的な作用をイメージさせるだろう。

社会的に「高い」といわれている地位に立つことは、自ずと権力を持った状況といっても良い。高い地位にいても腰の低い人はいるけれど、それでも、いざとなったら大勢を動かす力を持っている。その大勢は権力者に従わざるをえない。どうしてかというと、なんとなくそんな「力関係」が、仕来りや契約によって作られているからだ。

生まれながらに権力者であることは、現代の民主主義社会ではありえないわけで、成長して能力を発揮することで、しだいに権力を手に入れる地位に到達する。権力者になれば、その権力を使いたくなるだろう。力は使わなければ、なにも動かせない。力というものは、なにかを動かすことでしか感じられないものだ。自分が思ったことを実行し、その結果大勢の人間が動いたとき、初めて権力を観察することができ、権力者は自分の力を実感するわけである。作用反作用のような手応えがどっしりと感じられるのだろうか。

周囲の人間から頭を下げられただけでは、力を実感できない。そんなのは形式的なものだ。できれば、ちょっと無理っぽいことをやりたい。みんなが反発するようなことをゴリ押ししたい。そうすることで権力を実感できる。権力者は、アイデンティティを確認するために、人々が無理だと思うようなことを、どうしてもしたくなるのである。

32 僕は、人を動かすことにまったく関心がないようだ、ともわかった。

　ずっと自分本位で生きてきた。家族とも、それほど強い絆のようなものを感じない。そばに犬がいると楽しいけれど、その犬でさえ、しつこく纏（まと）わりついてくると、邪魔だなと思うことがしばしば。一人にさせてほしい時間がある。

　仲間と一緒になにかをしたい、と考えたことがない。少し大きなプロジェクトになると、自分一人では不可能なので、どうしてもグループで活動せざるをえない場面になるけれど、こういったときでも、その場かぎりの契約というか、金銭関係としてドライに処理をしたい、と考える方だ。お金の関係なら、後腐（あとくさ）れなく別れられる。友人になってしまい、友情で借りを作ったりすると、あとあとストレスになると予感してしまう。

　こういう人間だから、一人で実行するにはどうすれば良いか、と考える癖（くせ）がついている。前項の「権力」にはまるで無関係だし、そういう力をまったく評価しない。価値があるとも考えていない。同様に、友情や仲間意識にも魅力をほとんど感じない。むしろその逆で、マイナス面が気になる、というわけである。

一人で持ち上げられないものは、できるだけ扱わないようにするし、どうしても必要ならば機械を購入したり、道具を工夫したりする。エネルギィを使えば、自分の力以上の作業ができる。そのエネルギィは、なんらかの仕事をして得ることができる。それは、例えば小説を書くこと、などだ。

頭で発想したことで、大勢の人が価値を得られれば、その対価が返ってくる。それが仕事というものであり、結果として、自分の力を増幅する原資となる。だいたい、そんなメカニズムで、僕は生きているわけだ。

ただし、自分がやりたいことは、できるだけ自分で実行したい。小説で稼いだ金で、工事を依頼し、庭園鉄道を建設してもらっても面白くない。面白い部分は、自分でスコップを握り汗を流すプロセスにあるからだ。この部分も、「権力」の構造とは対照的といえる。僕が頼りにしているのは「自力」なのだ。自力を出すことだけが楽しみなのだ。

自転車で走ると、この自力による爽快感を味わうことができる。また、自動車であっても、自力でコントロールしているという面白さがある。全自動になってしまうと、単に「運ばれている」という感覚になるだろう。現代社会において、既に鉄道はそうなっているし、多くのものが自動になってしまった。そうして、自分の力を発揮する機会が減り、自分は生きていない物体にすぎないのか、と不安になることだろう。

33 最近流行しているけれど、SUVって、乗り心地悪いよね。

ドライブが大好きだ、といつも書いている。クルマの運転が趣味の一つである。だから、クルマを買うときは、ドライブして気持ちの良い車種を選ぶことになる。一方、僕の奥様のスバル氏は、見た目のファッション性で選ぶ。おたがいに文句は言わないから、勝手に選ぶことになる。すると、森家には、役に立たないクルマばかりが集まるのだ。

たとえば、僕はミッドシップや、スポーツカーが好きだし、奥様は小さい可愛らしいクルマを選ぶから、気がつくと、人が二人しか乗れないクルマばかりになることがある。犬が何匹もいるし、家族もいるから、みんなで一緒に一台のクルマで出かけることができない。僕は、ラジコン飛行機を飛ばすために模型飛行場へ出かけることがあるけれど、飛行機を運べるクルマがない。そういうときは、レンタカーを借りにいくしかないのだ。

これは、僕や奥様にとって、クルマは好きか嫌いかで選ぶものであり、必要かどうかで選ぶ対象ではない、という大方針に起因した問題である。

子供が小さかった頃、家族で出かけるための車を選んだこともあった。三列シートのものも乗った。そんな、大きくて天井の高いクルマが、だいぶまえから流行っている。天井が高いと、車中で移動が楽だし、居住性が良い。クルマで寝泊りすることもできるし、ホームセンタで大きな買いものをして持ち帰る場合なども便利だろう。

この種の車は、ドライビングのポジションが高い。高いと見晴らしが良いから運転しやすい、と感じる人が多いらしいけれど、高い位置だと、カーブを走り抜けるときのローリングを感じやすく、ドライブの体感が悪い。僕はそこが気に入らない。重心が低く、這うように走るクルマが好きなのだ。

役に立つクルマが欲しいなら、バスとかトラックを買えば良いではないか。ファミリィカーよりも、ファミリィがそれぞれクルマを運転して、それぞれが好きなところへ行く方が自由ではないか。そう考えてしまうのだ。子供が小さいときは、少々我慢するしかなかった。人生において、ほんの短い期間だから、その間だけはしかたがないだろうと。

もう十年もしたら運転が危なくなるだろうから、今のうちに好きなクルマに乗って楽しんでおこう、という気持ちが強い。ただ、問題は乗りたいクルマが少ないことだ。特に、新しいクルマは好きになれない。便利で大きなクルマばかりになったし、どれも目が吊り上がった顔になってしまった。だから、最近は二十年くらいまえの、ちょっとクラシックなクルマを中古車で買って、お金をかけて整備をしてから乗るようにしている。

34 「自粛疲れ」という言葉が一世を風靡したようだが、なんか変だよね。

　言葉に敏感な人は、たぶん首を傾げたはずだ。「自粛疲れ」って、どことなく違和感がある。自粛というのは、なにかをすることではなく、なにかをしないことだ。普通、すれば疲れるが、しなければ疲れない。だから、言葉の方向性として「逆なのでは？」と感じるのだろう。もちろん、しないことでストレスが生じるから、精神的にはダメージを受けるかもしれない。だったら、「自粛ストレス」といえば良い。

　同じようなものを挙げてみよう。たとえば、「我慢疲れ」はどうだろう？　我慢も、なにかをしないことである。でも、なんとなく躰に力が入っていて、筋肉がぷるぷると痙攣しているような様子も窺える。そういう力のいる我慢なら、疲れが出ても不思議ではない。ブレーキをかけて止まっていても、ブレーキペダルが重く、力を込めて踏み続けないといけないようなシチュエーションである。

　では、「休息疲れ」はいかがだろう？　やや変な感じがするはずだ。しかし、「休日疲れ」という言葉は、わりとメジャだ。これは、日曜日に家族サービスなどがあって、体力を消耗するからだろう。出勤日の方がむしろ慣れていて、精神的にも気が休まるという人もいるにちがいない。

　仕事がなくなって、無職でいる期間が長くなったら「無職疲れ」になるだろうか。働かないといけない、と焦るほどストレスが溜まるから、たしかに疲れるかもしれない。

　では、「疲労疲れ」はどうか？　これは、疲労することが多く、疲れてばかりいるから、その疲れることに疲れてしまう場合である。「もう、疲れるのにも疲れてきたから、そろそろ疲れないようにしよう」と前向きになれたら良いですね。

「睡眠疲れ」はどうだろう。寝過ぎて疲れるわけである。これはありそうだ。睡眠というのは、しない状態ではなく、躰を休めて回復する行為なので、している状態かもしれない。あるいは、悪夢ばかり見てしまって、寝るほど疲れるようなケースもあるだろう。

　やはり、「疲れ」という言葉が、ストレスやマンネリなどの精神的な低調まで表現するには、やや範囲を逸脱しているように思える点が、これらの違和感の根元にある。日本人は、かつてはそんな精神的なものを口にしなかった。それこそ我慢するしかなかった。肉体疲労も、疲労の原因となる労働が外部から観察されて初めて認められた。なんとなく「やりたくない」あるいは「飽きた」という状況は、「気合」や「元気」で吹き飛ばすものだったのだ。そういう古い人間には、自粛疲れは乾布摩擦で打破できるだろう。

35 「ずば抜ける」の「ずば」って何だろう？

「あの人は、ずば抜けている」など、よく聞く言葉だが、この「ずば」とは何か。なんとなく、「ずばっと」追い越すような勢いとして認識している人が多いのではないだろうか。僕も、そんな感じかな、と思っていた。ちなみに、「ずばっと」という副詞は、僕の辞書にあった。「物を刃物類で鮮やかに切り離すさま」とか「ためらいなく物事を行うさま」などとある。これからすると、「ずば抜ける」は、「ずばっと抜ける」が短くなったのではなさそうだ。

「ずば抜ける」を辞書で引くと、「ずっと優（すぐ）れている」とあった。この「ずっと」という副詞も、かなりメジャである。「程度に甚（はなは）だしい開きがあるさま」とあった。「ずば抜ける」は「ずっと抜ける」と同じなのだろうか。かなり意味が近いような感じはする。「ずば抜ける」の類似語として、「ず抜ける」も辞書にあった。この「ず」は「図」あるいは「頭」であり、「ず抜ける」も「際立った差がある」という意味だ。「ず抜ける」と同じ意味の表現で、「頭一つ抜けている」もある。これも頻繁に耳にする言葉だが、もしかして大勢の人が、「僅(わず)かな差で優れている」と解釈しているかもしれない。最近の若者は頭が小さいから、そうなりそうだが、実は「頭一つ抜けている」は、「群を抜いて優れている」という意味であり、「差が大きい」「差がはっきりしている」ことを強調する言葉である。

　もっと心配されるのは、「頭一つ抜けている」を、「ネジが緩んでいる」という意味に取る人がいそうなこと。最近の若者言葉では、主語のあとの「が」や「は」が省略されることが非常に多いので、本来の「頭一つ分」ではなく、「頭が一つ抜けている」と捉え、「頭がないも同然」との意味に取られる可能性が大である。

　これは、「抜けている」が、「抜きん出る」の意味なのに、「欠けている」の意味にしか取らないから間違えるわけだ。「抜ける」は、最近ではその意味でしか使われない。日本人はだいたい同じ体格だったのか、頭一つ分でも、たいそうな差と捉えたようだ。外国人の大男と比べたら、頭三つ分くらい抜けていることだってあるから、それに比べたら「たった頭一つの違い？」となる。いわば、言葉が現代にマッチしていない。

　したがって、「ずばっと」や「ずっと」のような意味で捉えておいた方が、かえってよろしい。「かえってよろしい」だって、「帰ってよろしい」ではない。

「ずば速い」や「ずば美味(うま)い」なども、じきに出てきそうな予感がする。

36 「売国」って何だろう？

売国奴とか、売国行為などと、非難されるときに使われる「売国」とは何なのか。おそらく、最近の若者にはぴんとこない言葉だろう。若者だったら、「日本のアニメ文化を海外に宣伝する行為かな」と想像するかもしれない。

説明すると、自国の秘密などを敵国に漏らしたりして、自国の不利益を企てることであるが、見返りに利益を得るから「売る」という表現になる。平和な社会において、そもそも「敵国」なるものが存在しないので、とてもわかりにくい。もう少し嚙み砕いていうと、「スパイ」みたいなものをイメージしたものだろう。つまり、「自国」を売って、自分だけ儲けることだ。

そこまで説明しても、「日本のアニメ文化を売って、こっそり大儲けすること？」と、まだ納得がいかないかもしれない。

「売る」という言葉も、近年では、イメージを回復し、まっとうな商売を表現するものとなった。「日本を売る」とは、日本の観光資源を売って、海外から客を呼び込むことで、

「売れば儲かる」ので悪いとは感じない。みんなで利益を得れば、それで日本が潤うのではないのか。そう言われてみると、「売国」って、もしかして悪くないの、と心が揺らいでしまう。観光業であっても、観光資源となる文化遺産や自然遺産は消費され、傷つくだろうから、よくよく考えると、自国の不利益を企てていると捉えられないこともない。

　ますます、何が良くて何が悪いのかわからない。もちろん、そのとおりなのだ。純然たるスパイ行為で、敵国の利益のために自国を陥れたとしても、自国の政治が間違っていて、敵国が正しい、という信念の下の行動であれば、本人としては正義である。その時代において、たまたま「売国奴」と罵られても、のちの世において「偉人」と評価されることだってあるだろう。

　というか、自国の利益をいつも優先する、というのもおかしい。国民は日本国の不利益になる行為を働いてはいけない、と法律にあるわけでもなく、そもそも自国の不利益が不明確で定義しにくい。もっと小さな範囲で、勤めている会社の不利益になるようなことで個人的利益を得る行為は、だいぶわかりやすいし、これは犯罪として扱われる場合が多いだろう。これなどは、「会社を売った」ことになる。でも、やはり「売り込んだ」と解釈され、誤解されやすいだろう。

　ところで、自分を売る行為というのは成立するだろうか？　ああ、あるね……。

37 「つぎつぎと展開する物語を思いつく」って凄くないですか？

小説を読んだ人から、作家がたびたび褒められる言葉の一つである。物語を読んでいる人は、まるでジェットコースタにでも乗っているかのように振り回される。しかも、その加速度が楽しい。身を委ね、驚かされ、最後には余韻とともに溜息が漏れる、らしい。

僕は、小説を書く側である。頭の中で「つぎつぎと展開する物語」というものがあるのか、と振り返ってみるが、どうかな……、あまりそんな感覚がない。

「展開」というのは巻尺を伸ばすように一本道に伸びるのか、はたまた立体の展開図のごとく四方に広がるものなのか。もちろん、いずれもある。一本道に展開する場合は、ただただそれを追って文字に落とす作業になるし、四方に展開するような場合には、どちらへ行こうか、と考えなければならず、頭が計算しているわりに、キーボードを打つ手は減速するかもしれない。「つぎつぎと」展開するほど、手が止まり、悩ましいことになるだろう。もっとも僕の場合は、あまりそんな状況にはならない。一つの分岐に絞れば、「やるかやらないか」の二手しかないから、決断は速い。その選択が無数にあるのが

「創作」というものである。これは、いうなれば、コンピュータと同じく「二進法」だ。

さて、既に完成している物語を辿る側は、「こうなるのかな？　ああなるのかな？」とときどき予想しながら道を進む。左右に激しく揺さぶられても、一本道にはちがいない。急カーブや宙返りがあっても、けっして分岐はない（ゲームならあるが）。むしろ、その道から外れられないからこそ、また文字という一定速度の入力だからこそ、大きな加速度を受ける結果となる。

このような状況だからこそ、読み手の前に「つぎつぎと展開する」ものが押し寄せてくるのであって、作者がその道を構築するときには、「つぎつぎ」というほど滑らかでもないし、また揺さぶられるほどの速度もない。読んでいるときに得られる感覚は、書いているときと同じではない。読者が「作者はよくこんなこと考えたものだ」と感じても、作者は「思いついたことを書いただけ」なのである。

小説が好きな人が、自分も小説を書いてみようと思い立ち、試してみることが多いようだ。すると、自分の書いたものがちっとも面白く感じられないだろう。それはそのはずで、速度も違い、道の展開も違うせいである。

作者はだだっ広い荒野をふらふらと歩く。自分が傾いて倒れそうな方向へ進む。その道を自動車で正確に辿ろうとする者は、左右に揺さぶられることになる、という理屈だ。

38 「私に合ったもの」を探している人がとても多いけれど……。

ものが不足していた貧しい時代には、合うか合わないかなんて選択はなかった。たとえ合わなくても、それしかなかったら、合うように工夫するしかない。豊かな社会になり、靴(くつ)のサイズだって五㎜ピッチで揃(そろ)っていて、ぴったりのものが選べる。そういうことが普通、それが当たり前だ、とみんなが思っているようだ。

本も選べる。自分に合ったものが選べる。かつては、文字が書いてあればなんでも読んだ、という貧しい時代があったわけだけれど、今は小説だけでも無数にあって、そんななかから選ばなければならない。選択がもの凄く大変だが、自由度は高くなり、贅沢(ぜいたく)な環境にはちがいないだろう。

ネットなどで、「私に合う小説を探しています」と質問する人がいるくらいで、そんなことまでコンサルタントを求めるのか、とびっくりしたのが、もう十年ほどまえのこと。今では全然珍しくなく、当たり前になったようだ。現に、「あなたにぴったりの作品」をおすすめするサイトが、異様に沢山存在している。

「合う」というのは、「相性」ぴったりだという意味だが、そもそも、相性が良いものを読みたいのだろうか？　そこがわからない。

野球だったら、思った球種で思ったコースに球が来れば、バットの芯に当たって、ホームランとなるから、バッティングとしては成功となる。だが、小説の場合、思ったとおりの物語が、思ったとおりの文体で描かれていても、はたして、心にヒットし、「これは凄い」となるものだろうか？　そういうのが読書の成功だろうか？

人によるとは思う。僕は、そうではない。思いもしないものを、これまでになく読みにくいものを、苦労して読んだときに、「うわ、こんなのありなんだ」と大当たりになる。否、「当たらない」場合だってある。バッティングでいったら、フルスイングの空振りかもしれない。だが、それもめちゃくちゃ面白い。人間の心は、「外れ」だって感動するのだ。ミステリィなんて、それに近い魅力があるのでは？

もっと極端なものになると、「まるでわからない」「何なんだ、これは？」という驚きで感動することだってある。もはや、「合う」「合わない」を超越した、新たな価値を突きつけられるような体験だ。そんな体験を、今もしたいと願っている。

結果的に、僕の場合は、合わないものが「合う」ということになるかもしれない。そうなると、この「合う」の定義が、そもそも合わないことになるのかな。

39

「心に響く」という言い回しが、最近増えているように観察されるけれど。

ようは、「感動した」と同じこと。ただ、「感動」があまりにも大安売りされてしまって久しく、ちょっとしたことで誰でもいつでもお手軽に感動できる飽食の時代であるから、もう少しインパクトのある表現が欲しくなるのも、自然の成行きだろう。

「ハートを射抜かれた」はオーバにしても、「心に響いた」は、上品で使いやすい言葉だ。森博嗣のような天邪鬼は使わないし、「響くってことは、心の中が空洞なんですね」と犀川先生なら言うかもしれないので注意が必要だ。

「感動を届けたい」などと、発信する側が臆面もなく言うようにもなったから、「感動」は「元気」と見分けがつかなくなっている。それに比べると、「心に響く」は自動詞だから、「君の心に響かせてやろう」は言いにくい。その点でも幾分上品だ。

「心が響いた」ではない。心は、なにかが響く場所なのだ。では、いったい何が響くのだろうか。声か、音か、それとも言葉か。気に入ったフレーズが、繰り返し反響するようなイメージだが、僕が思うに、それは心というよりは、耳ではないかと思う。耳の中で響いているだけで、心にはそんな空間があるはずもない。現に、「頭に響いた」とはいわない。頭に響くというのは、耳に水が入ったときくらいではないか。心当たりのある耳を下にして、何度かジャンプして耳から水を出した方がよろしい。

昔の人は、心は胸にあると考えていた。だから、感動したときに、今でも胸を押さえたりする。心臓がどきどきするのは、気持ちが高揚したり興奮したりしたときだったからである。しかし、今は誰もが人間の精神というか思考の場が頭脳にあることを知っているだろう。「どきっ」とするのは、頭の反応なのだ。心臓は単に、発電所みたいなものので、急激な需要に反応して、これからエネルギィが必要になるぞ、と応えているにすぎない。そういう点から見ても、「心に響いた」は、思い違いっぽいのである。

「胸に刺さる」という表現も見かける。これは、ちょっと「痛い」という感覚が伴う。最近では、単に「刺さる」だけでも使われる。ずばりと指摘されたときであって、「痛いところを突かれた」と同じであるが、痛いところが足の指先であっても、やはり「どきっ」とするのだろうか。

「心に響く」は、感動するよりも、アドバイスや応援を受けてジーンとなった場合に使われる。やらなければならないと内心わかっていたことを、自分が好きな人がずばり指摘してくれて、ようやくやる気が出る、ということらしい。「勝手に響けば」と僕は思う。

40 「注文の多い料理店」とは、どのようなものなのか。

宮沢賢治（みやざわけんじ）の作品（小説というより物語？）である。その店では、店の方から客に、あれこれ注文が出る。だから、料理の品数が多いというわけでもないし、注文が殺到する人気店でもない。「品数が多い」でもなく「注文が殺到する」でもないことは、「注文の多い」という短い言葉だけでわかる点が秀逸であると同時に、ちょっと聞いただけでは、そこまで考えが及ばない、そこが、軽いギミックになっている点も素晴らしい。

実際に、注文が多い料理店を僕は知らない。それほど料理店に行かないからだ。僕は、料理店が少ない場所に住んでいるし、そもそも料理店に行く習慣もない。だが、たとえば寿司屋に行けば、一皿ずつ注文することになる。高級寿司店もそうだし、回転寿司店でもタッチパネルで個々の品を注文する。「注文回数が多い料理店」といえるだろう。

料理店にいると、カウンタ席などに座って、料理にあれこれ注文をつける人を目撃することがある。なにかを多めに、あるいは少なめに、焼き具合はどうとか、あれを合わせてくれとか、メニューにない注文をつける。カレー店でトッピングを選んでいるような感覚なのだろう。おそらく、そういった融通が利く店が好きな人で、行きつけの店になった常連さんだからできることだ。初めて入った店では難しいだろう。店員に嫌な顔をされてしまう。マクドナルドで、「ベーコンレタスバーガのベーコン多めで」みたいな感じか。

食べ方に注文をつける店は、わりとある。食べる順番だとか、調味料を途中でかけろとか、最初はそのまま食べて、あとでお茶漬けにしろとか、美味しく食べる方法を客に教えてくれるわけだが、なかには少々煩いと感じる場合もある。そこまで真剣に味わうつもりでもない客もいるし、人から指図されるのが嫌いな人もいる。こちらが金を払っているのに、と思うだろう。だいたい、「拘りのある店」だったりする。今でこそ「拘り」は良い意味に転じたが、もともとは「頑固一徹」な親父がいる店のことだった。店主に叱られながら食べなければならない、実に涙ぐましい環境といえる。小学校の給食だって、先生に叱られながら食べる子供が、昔は多かったのだ。そういうノスタルジィはあるかも。

店の雰囲気からして暗いところは、入った瞬間に後悔する。店主にも従業員にも笑顔がない。難しい顔で、挨拶もしないし、こちらが話しかけないかぎり押し黙っている。なんとか注文をしたところ、次に入ってきた客がまた暗い。店主に「寂しいね」と呟く。次に来た客も「このたびは、本当に大変なことでしたな」と声を震わせる。最近不幸があったのかもしれない。入る店を間違えたな、と後悔。「弔問が多い料理店」だったのだ。

41

爪切りという道具に関する一考察。

爪切りという道具は、爪を切るときだけに必要なもので、ほかの用途には使わない。僕が自分の爪を切るために使っているものは、もう四十年くらい同じで、つまり、成人したあとずっと一つの道具を使っている。買い換えたこともないし、刃を研いだこともない。

その刃の形状が、緩やかだが凸のカーブになっている。爪は、指先から凸のカーブで突き出ているのだから、爪切りのカーブは逆に凹のカーブである方が自然だろう。ネットで検索してみたら、ほとんどの爪切りは凹のカーブのようだ。どうして、僕の爪切りは逆なのか、理由はわからないが、切るときに困ったこともないので、不満はなく、新しいものを買うつもりも今のところない。単に「不思議だな」と思ったので書いただけだ。

もちろん、たとえ凹のカーブになっていても、それが切りたい爪のカーブと一致しているとは思えない。すなわち、爪は一回では切れないのだ。何度も細かく切ることで、爪の先の形を整える。結果は滑らかな曲線にはならないので、最後はヤスリなどで削って均すのだろう（僕の爪切りもヤスリ付きだが、ヤスリを使ったことはない）。

そうなると、刃は曲線でなく、直線でも充分だ。直線で切れば、爪は多角形になるが、切る回数が増えれば曲線に漸近する。数学で学習したとおりである。実際、爪切りで検索したとき、僕が知っている爪切りではなく、ニッパ（ペンチの一種）のような道具もあった。こういうのは、爪を切ってくれるサロンなどで使われているのかもしれない。僕の知らない世界だが、ＴＶや映画でそんなシーンを見たことがあった。ファーストクラスに乗ったとき、スバル氏が爪を切ってもらっていたのを目撃したことも一度だけある。

僕は、今までのところ大丈夫だが、躰の固い人は、足の爪を切るときの姿勢が大変なのではないか。たとえば、腹が出てきたりしても難しくなりそうだ。それ以前に、片手が不自由な人は、もう一方の手の爪が切れない。口で使う爪切りがあるのだろうか、と心配になる。誰かに切ってもらうしかないのか。

そもそも、動物は爪を切らない。ペットは切るけれど、野生の動物の話である。人間だって、昔は爪なんか切らなかっただろう。石器時代だったら、爪切りがない。爪は自然に削れていくものだったのだ。今は、爪を切らないとキーボードが打ちにくい。

そういう話をするなら、髭だって昔（石器時代）は剃らなかっただろう。爪も髭も、本来必要があってそこに生えているし、機能しているものなのに、切らないといけないようになってしまったのだ。それを考えると、凸か凹か、刃のカーブなんて小事である。

42
意味のないものはないし、意味があってもなくても、大した意味はない。

何度か書いているところだが、現代人は「意味」に拘りすぎている。意味がなければ価値がない、とさえ考える向きもある。とんでもないことだ。意味があるとは、なんらかの目標、多くの場合、利益につながる状況を示していて、その利益を絶対に求めなければならない行為であれば、意味がないことを避けた方が賢明だ、というだけのことである。

しかし、賢明でなくても、意味がなくても、目標がなくても、利益がなくても、面白いことや楽しいことはいくらでもある。むしろ、意味のないこと、無駄なことの方が愉快だし、美しいし、心を打たれる。意味だけを追求する人たちは、価値の半分を見逃している、といっても良いだろう。

たとえば、「可愛い」とか「美しい」には意味がない。どうして、可愛いのか、何が美しいのか、理由が説明できない。もしできるとしたら、大した可愛さではないし、美しさの一部分の解釈でしかない。意味とは、つまり言葉による理屈であるから、言葉が通じない人には意味は伝わらない。でも、可愛さや美しさは、伝える必要もないほど確固たる概念であろう（確固たるといっても、万人に共通とはいえないが）。

　意味というのは、多くの場合、複数の人たちで共有するためにある。だから、言葉になって伝達される。意味のないものでも、個人的な価値を持つものは多くて、可愛いのも美しいのも、結局は個人的な評価である。意味はなくても価値があるのは、このためだ。

　芸術も、意味で評価するものではない、と僕は考えている。見て美しいと感じられれば、芸術として価値がある。ところが、絵画でも音楽でも、テーマのようなものを解説するし、それによって広まる場合が大変に多い。おそらく、芸術家はそれが嫌だから、「無題」というタイトルをつけるのだろう。古来の具象画では、タイトルはずばり描かれた対象であり、自明であったけれど、近代芸術の多くは、なにかしらのスローガンめいた意味ありげなタイトルをつけがちだ。その方がマスコミに受けるし、人の間を伝播（でんぱ）しやすいからだろう。まあ、そのくらいの「意味」はあっても良いかもしれない。

　小説も、「面白い」ものは、意味もなく面白い。自分が面白いと感じれば、それは最高の作品だ。その面白さを他者に伝達する必要はない。何故、多くの読者が伝達したがるのか、僕には不可解である。社会的な問題を扱っているとか、そういった「意味」がある作品もあれば、なにもテーマがない作品もある。その有無は、作品の価値には無関係だ、と僕は考えている。あっても良いし、なくても良い。意味なんて、その程度のものだ。

43

庭仕事が楽しい毎日を送っている。誰に見せるわけでもない庭だ。

僕が庭仕事をするのは、もともとは自分が建設した庭園鉄道の保守点検が始まりだった。運行の支障にならないように自然物を調整する。枝が邪魔なら切るし、雑草や落葉は取り除く。その程度の作業だが、もちろん労力的には大変だ。なにしろ、線路の延長は五百メートル以上ある。東京ドームは、僕の庭園約六個分なのだ（普通と逆の比較）。しかも、ほとんど僕が一人で整備している。草刈りも落葉掃除も、僕以外にしない。奥様もこの頃は、花を植えるようになったけれど、それは庭のごく一部にすぎない（それでも、チューリップを何百本も植えたりしているが）。

自然というのは、毎年同じではない。非常にばらつきがある。今年の春は、これまでで最も草花が育った。早くから暖かく、適度に雨が降ったためだろう。芝もなかなか綺麗で好調だ。奥様の花も例年より大きくなった。奥様は、自分が肥料などで土壌改良した成果が現れた、と解釈されているようだが、僕は、たまたま今年が好条件だったにすぎない、と考えている。楽観と悲観の夫婦だ。

緑が茂ってくると、それだけで嬉しいから、毎日水を撒いたりして応援するが、六月にもなると、高い樹の上の方で葉が出揃って、庭園内は暗い森の下になる。日がほとんど届かなくなるので、もう水やりをしなくても良い。こうなると、苔や茸が元気になる。苔は広がると綺麗なので大歓迎だが、茸は出てきたときは可愛くても、やがて腐ったりするので、始末が悪い。

庭園内を犬たちは走り回っている。鳥を追いかけて疾走するのをよく見かける。それでも、人から遠く離れることはなく、庭園外へ勝手に出ていったことは一度もない。縄張りを守る活動に徹しているようだ。

いろいろ手入れをしているうちに、だんだんと自分が好きな風景に近づいてくる、というのが庭いじりの醍醐味だろう。「工事」というほど一気にできるものではない。本当に少しずつ試行錯誤で進める作業だ。しかも、綺麗な庭が出来上がっても、季節が変われば、落葉に覆われ、雪に閉ざされる。ほとんどの植物が枯れたように沈黙する。それが、また芽を出し、成長してくるけれど、同じようになる保証はない。

人間が手を入れなくても、自然は勝手に活動する。手放せば、いずれ「庭」ではないものに戻るだろう。将来を楽しみにして地道に活動しても、得られる成果は一瞬であり、持続しない。人間の一生も、人間の成すものも、すべてこれと同じである。

44

森の中の水辺の道を散策する楽しさを、誰かに伝えようとは思わない。

しかし、エッセイを書いて著作権料をいただいているのだから、サービスとして書くことにしよう。というよりも、すべてが読者へのサービスであって、それ以外に自分の主張というものは本来ない。宣伝したいこともない。書くと自慢しているようで格好が悪いことを承知しているが、格好悪いことをして対価をいただくのが「仕事」の本質である。

前項を書いたあと、家族と犬全員で、散歩に出かけてきた。少し離れた（家から十キロくらいだが、それでも一番近い）スーパまで行き、その駐車場にクルマを置いて、森の中へ入った。そこは、小川が流れていて、水遊びができるので、子供の声がよく聞こえているけれど、今日は誰もいなかった。六月の前半で気温は二十度の手前。水は冷たい。犬たちも水には入らない。ラブラドールだったら、飛び込むだろうか。うちの犬たちは牧羊犬だから、管轄外らしい。手で掬（すく）ってやると、ようやく舐（な）める程度。

ひんやりとした空気だった。風の谷のナウシカに出てきそうな鬱蒼（うっそう）とした森で、日差しはほとんど届かない。それでも、すり抜けてくる細い光の筋がほんのときどき現れる。樹の枝が風で動いているからだが、その風も人間の高さまでは届かない。鬱陶しいくらい鳥が鳴いていて、まるで日本の蟬のようでもある。

ときどき、川に釣糸を垂らしている人を見かけることもあるが、今はそういうシーズンではないようだった。川辺の細い道を歩き、別の道を通って戻ってきた。

スーパでアイスクリームを買って、屋外のベンチで食べた。犬たちは、こういうシチュエーションを「カフェ」と認識していて、もの凄く楽しみにしている。人間が食べるもののオコボレがもらえるかもしれないからだ。お座りをして、期待の表情でじっとこちらを見つめている。そういう眼差しを跳ね返してアイスを食べた。

非常に心地良い空間と時間だった。もし、これと同じものが東京の近くにあったら、もの凄い人混みになることはまちがいない。もっと店が増えて、あらゆるものが食べられるようになるし、子供の遊び場も整備され、オールナイトで遊べるような設備も整うことだろう。そうなると、もう鳥は静かになって、人間たちのざわめきで、夜もせせらぎが聞こえなくなるはずだ。

自分が素敵な思いをしたとき、他者にも同じ空間や時間を味わってもらいたい、と思うのが普通らしい。幸せをシェアしよう、という優しい気持ちかもしれない。しかし、そういうものが積もり積もって、人が集まりすぎ、ぎゅうぎゅう詰めの空間と時間になる。

45

ウィルス騒動の最中、統計の数字に対して大勢がぼやいていたこと。

既に書いたことだが、「死亡率」を「死者数／感染者数」で求めていたのは、納得できなかった。死亡率とは、感染した人のうち何パーセントが死ぬか、という数字だが、ウィルス感染が広がっている時期には、感染者はどんどん増加し、そのうち何週間か経ったあと、亡くなる人と回復する人に分かれる。感染者数とは、まだどちらになるかわからない人の数だ。正しくは、「死者数／(死者数＋全快者数)」が死亡率だと思われる。

本日の感染者数の発表に対して、大勢が何度もぼやいたのは、「検査している人数が少なすぎる」というものだった。これは、医療資源と医療従事者に問題があるから、増やすことはできない状況にあったようだ。検査さえすれば、現在の状況がクリアになる、と皆さん考えたようだが、それもどうかと思う。検査をして、翌日に結果が出たとしても、その一日の間に感染する可能性がある。陰性の数をいくら増やしても、安全が確認できるわけではない。少し考えれば、それくらい想像がつくのではないか。

また、非常事態宣言中の終盤になると、「陽性率」が高いことを問題にする人が多く現れた。日本は検査数が少ないから、当然陽性率が高い。暗に検査数の少なさを非難したい立場だったのだろう、と想像する。陽性率が初期に比べて上がっているではないか、と主張する人も目立っていた。しかし、診断をしてそれらしい症状の人の検査をしているのだから、陽性率が高くなるのは、その診断が正しく（適切に）できるようになってきた証拠といえる。悪いこととは思えない。あくまでも、少ない機材と労力で、感染に立ち向かう戦略として、こうせざるをえなかったのだから。

検査をしないうちに発症して死亡した人がいるはずだ、と訴える人も多かった。それは、どんな場合でも起こりうる。もちろん残念な結果ではあるし、救える人だったかもしれない。けれど、どんな病気であれ同様だし、世界中のどこでも同じだ。死んだことさえ政府が把握できていない国だって沢山ある。ウィルス感染で死んだ人も、そうでなく死んだ人もいる。統計の正確さは大事であるけれど、医療機関や役所関係が、故意に見殺しにしているわけではない。憂うことは間違いではないが、そこまで誰かの責任を追及する問題だろうか。まるで、ウィルスによる死者数が増えてほしいようにも聞こえた。

まだまだ続いている。新しい生活様式なるものを広めようとしているが、喉元過ぎれば、と考えている人たちが、また大声で話し、声を張り上げて歌い、飛沫を飛ばし合うことになりそうだ。日本人にとって、そちらの方が新しい生活様式だったはずなのに。

46

ヘリコプタ作りにも飽きてきて、今はジェット機のことばかり考えている。

昨年は、ラジコンヘリコプタを何機も作った。人間一人と同じくらいの大きさのものが二十五機ほどあって、置き場所に困っている。すべて庭園内で飛ばしている。遠くへは行けない。樹木が生い茂っていて、高く上げると枝にぶつかる。一方、飛行機は、近所の草原で飛ばしているけれど、滑走路がないから、大きな機体は離着陸が難しい。

ヘリコプタは、スタイルにバリエーションが少なく、いい加減に飽きてきた。それで、次はジェット機に取り組もうとしている。ジェット機といっても、ジェットエンジン（燃料は灯油）か、それともモータでファンを回すダクテッドファンかで大きく違うけれど、僕がやりたいのは、垂直離着陸機能を持ったジェット機。実機だと、ハリアが有名である。ジェットの噴射口を下に向け、複数の箇所から地面方向に噴射する。姿勢制御はセンサによって電子的に行う。こういった装備が最近では高機能かつ低価格になってきた。

これまでにも、プロペラの向きを変える、オスプレィのような垂直離着陸機（チルトローター機）を何機か試しているが、まだ、ジェットでは体験していない。

庭園鉄道の機関車で、ジェットエンジンで推進するものを過去に作ったけれど、ジェットエンジンで空を飛ぶものは未体験である。スピードが早すぎて、たちまち遠方へ行ってしまうから、よほど環境の良い広い場所で、しかも騒音に対して文句が出ないところでないと飛ばせない。僕の庭園は、騒音は大丈夫だが、滑走路がないのだ。近所の草原は自分の土地ではないから、勝手に整備できない。滑走路が建設できるような場所へ引っ越す手もあるけれど、そうすると森林鉄道を諦める必要がある。

垂直離着陸機なら、庭園内でホバリングさせられる。妥協案ではあるが、この年齢になったら、実際ジェット機を上空でコントロールするのは、かなりしんどいだろう。まだ今は、中古のジェットエンジンを入手して、その設定方法などを試しているところである。エンジンがかかると、灯油があっという間になくなる。タンクに一リットルあっても、二分くらいしか持たない。燃費が悪いのだ。ジェット機なんか飛ばしていたら、エネルギィ問題も環境問題も解決しないのではないか、と思えてくる。

一方で、モータも強力になり、バッテリィも軽くなったので、電動ダクテッドファンでも、垂直離着陸機が実現できる。既に開発しているメーカもあって、そろそろ製品も登場するだろう。凄い技術が格安になったものだ。こんなにいろいろ体験させてもらえて、本当に幸せな時代に生きられて良かった、と感じている。

47 都会というのは「人間工場」のような装置である。

都会を「装置」であると、幾度か書いている。装置ではわかりにくいという人には、「工場」といえば良いかもしれない。効率化を目指し、生産性と省エネルギィを追求したもので、十九世紀から顕著になっている。それ以前の都市は、王国が防衛力を高める目的で作られたものだっただろう。何から防衛するのか、という点が異なるだけではあるが。

人は、ばらばらで生活するよりも集団になった方が効率が高い。そもそも群（むれ）を作る動物だった。多くは防衛のためであり、また役目を分担して、生産性を高めるうえでも都合が良かった。かつては良い悪いの話ではなく、それが死を免れる方法だったのだ。

もちろん、地理的な好条件の場所に自然に集まる。都会は大きな川の河口に近い平野に作られる。水自体が必要だが、交通の便が良いことも大きな理由である。作業を分担することで、生産する者と流通させる者に分かれ、都市全体を防衛する者が全体を支配する。ようするに、生活に必要なさまざまな部分を他人に任せられれば、その分、個人は自由になり、自分の得意なことに集中できるから、これが効率向上につながるわけである。

都会に比べて、田舎はその分担が不充分だ。個人がやらなければならない仕事が多い。エネルギィを集めたり、食糧を作ったり、子供を育てたり、土地の維持管理を行ったりする。都会では、多くの作業が個人の手を離れている。公共のシステムを利用できるし、サポートする業種も増加し、いずれもお金さえ出せば、人任せにできる。

必然的に、都会に住むためには金がかかる。土地も高くなるので、狭いところに集中して住むか、安い土地に住めば満員電車やバスで移動する必要がある。そういった不満に文句が出ないようにするためか、個人を楽しませるサービスが発展し、エンタテインメントも都会に集まる。それらを利用するにも、もちろん出費が必要だ。

田舎にいれば、冬に備えて夏のうちにエネルギィも食料も蓄える必要があるし、野生動物から畑や身を守るために武器が必要かもしれない。お金を出しても誰も面倒を見てくれないから自分でやるしかない。しかし、お金はいらない。土地も安いし、食料も安い。

都会に住むと、お金を毎日使う。蓄える必要はなく、江戸っ子の「宵越しの金を持たぬ」という具合になる。それは、都会という工場が、そのようにプロパガンダしたからだ。「断捨離」なども、その一環といえるだろう。

都会というシステムに個人が取り込まれ、安心安全に飼われている。老人介護センタもこれと同じだ。省エネはメリットだが、人知れず失われるものもたしかにある。

48 ネットによる通信が始まった頃、「仕事も生活も変わるな」と思った。

いつ頃だっただろうか。三十年近くまえ（九〇年代初め？）だったか、と思う。既にパソコン通信なるものがあったものの、これは電話を介して行うもので、単にコンピュータのデータを電話で送る（しかも非常に低速で）だけの技術だった。

それでも、ファックスよりは将来性があると感じたので、大学の研究室のパソコンをサーバにして、講座のＯＢがアクセスできるようなプログラムを作った。今でいうツイッタ程度の短い文章を、一日一回くらい、みんなが送ってきた。それを読み込むこともできる。「会議」というほどでもなく、文字通り「掲示板」だった。

講座は、学科に六つあったから、ほかの五つに対して「学科全体でやれば、同窓会の活動も合理化できるのでは？」と提案したのだが、簡単に却下された。同窓会を牛耳（ぎゅうじ）っている先輩たちからは「余計なことをするな」とお叱りを受ける始末。こういうときに僕は、笑顔で頭を下げ、「はい、承知しました」と素直に従う一方、心の中では、「二度と同窓会の仕事はしないでおこう」と決意するくらいには潔く（いさぎよ）人間ができている。

これに類似したことが多かった。結局、あとになって「あのとき手を打っておけば良かったのに」と思うのだが、人々は簡単には生活様式が変えられないみたいだ。僕はそれを学習したので、あまり言わないようにしよう、と何度も思った。でも、その人、その組織のことを心配し、有益だろうと意見をしているのだから、親切が仇(あだ)とまではならないにしても、親切が無駄に帰す、の繰返しだった。

その時点では、コンピュータ（つまり端末）があって通信速度が適度にあれば、仕事は全部電話でできるはずだ、と予想した。その数年後にインタネットが普及し始めたので、「いよいよ仕事は変わるな」と強く確信した。あとは、携帯できる端末があれば、完璧だ（つまり、すべての業種に対応できる）。ただし、僕自身はデスクワークしかしないので、関係ない。もう出勤する必要もなく、在宅勤務になるはずだ、と思った。

大学に勤めていたから、お客さんである学生たちも、各自で自宅から大学の講義が受けられる。そうなると大学の建物がいらない。ほとんどの企業の建築物が不要になる。僕は建築学科で、友達の多くは建設業に従事していたが、将来、この仕事はどこまで縮小されるだろう、と想像した。インフラ維持業となって存続するとして、二割程度で充分だろう、などとも考えた。だが、それから三十年が経過しても、まだオリンピックなんてイベントをやりたがる人が多く、社会は全然変わっていないみたいだ。

49 完成後の耐久性を確保することは、高性能化のうち最も難しい。

ものを作ることが楽しいので、いろいろ作って遊んでいる。完成させると、まあまあ思いどおりに機能するので、その時点では嬉しい。ところが、その後時間が経過すると、いつのまにか動かなくなっている。簡単にいえば、壊れているのである。

動かさない状態で、丁寧に仕舞っておいても、材料が劣化する。まして、屋外に放置されているものは、環境が過酷だ。風雨、温度変化、そして太陽光（主に紫外線）。あっという間に機能が失われる。金属は錆び、プラスティックは脆くなって割れ、木材は腐る。

動くものになると、さらに故障が目立つ。力配分が変化するためか、作ったときには思いもしなかった壊れ方になる。だいたいの場合、材料劣化が生じ、動くものだと力の作用が変化する。その結果、どこかが崩落する。知らないうちに消えている部品もある。

また、虫害も多い。機械の中に蟻が侵入したり、得体の知れない卵を生みつけられたりする。実験室の機械の中にネズミが侵入し、糞で電子基板がショートした例もあった。

たとえば、モータで走る簡単な鉄道模型を作って、それを走らせる場合。自分で遊んでいる間は軽快に動く。ところが、展示会などに出品して、数時間走らせた状態で展示すると、ほぼまちがいなくトラブルが発生するだろう。プラスティックの歯車が割れるとか、ハンダづけが取れるとか、見物人の子供が触って予期せぬ力がかかってしまうとか。

市販されている機械は、必要以上に頑丈で高級なパーツが使われているものだ。ここまでしなくても良いのでは、もっとコストダウンが図れるのでは、と疑問に思うことが少なくない。ところが、そういった余計な心配で強化された製品が、つまり耐久性のある高級品であり、安物とは違い、長持ちする。いずれ、それがわかるときが来る。エンジニアというのは、若い頃から、そんな「余計な心配」を忘れるな、と叩き込まれているのだ。自分が使うものだったら、半分の品質でも大丈夫だろう。作った本人は、どこが弱いか知っているから、気をつけて使う。しかし、製品になれば、世界のどこへ送られるかわからない。人から人へ渡る可能性も高い。なにも知らない人が、うっかりおかしな使い方をするだろう。そんなとき、どんなトラブルが起こるのか、を考えるのが「設計」だ。

僕が若い頃のクルマは、しょっちゅう故障した。ユーザはボンネットを上げて、ときどき様子を窺う必要があった。オイルの量も確認し、ファンベルトも指で抑えてチェック。バッテリィが上がることは日常茶飯事だから、ブースタコードをみんなが持っていた。テクノロジィは、ユーザを馬鹿にするためにある、というのが歴史的事実である。

50 ジェットコースタで叫ばずにはいられない人は、人としてちょっとおかしい。

犬や子供だったら無意識に吠えたり声を上げたりするだろう。だが、人間の大人だったら、自分の発声くらいコントロールできるはずだ。できないとしたら、どこか異常である。そういうことが、非常事態宣言が解除されたあとの遊園地で観察されるはず。おそらく、馬鹿の振りをしているのだろう、と想像できる。

かように、考えなしの人間が増えている。都会という装置が、人間を家畜のように一様に育てるから、たとえば、夜になったら酔っ払って歓声を上げる、などの条件反射が植えつけられているらしい。わかりやすいし、平和的なので、けっして悪くはない。

歓声を上げない方法を真剣に検討する人はいないが、実に簡単である。声に反応して、近くで爆発音や、金属が裂けるような破壊音を鳴らすだけで良い。絶対にみんな黙るはずである。人間は、恐怖に直面すれば黙るものだ。息を止め、口を閉じる。これは犬でも同様で、吠えたときに金属の皿などを床に落とすだけで、吠えなくなるらしい（僕は、そんな可哀想なことができないので、したことはない。同様に、コースタで叫ぶ人も可哀想なので、脅かしたくはない）。

酒の席で大声を出すのも、酒が悪いわけではない。本当に酒が好きな人は、一人静かに飲んでいる。その方が酒の味もわかるし、気持ちの良い時間を楽しめるというものだ。そうではなく、人とわいわいがやがややりたい、という人間が酒を出す店に集まる。素面(しらふ)では恥ずかしい行為だと自覚しているからこそ、酔っ払うために酒を飲む。周囲の者が乗ってこないと、酒が足りないと解釈し、人に酒をすすめ、また自分も飲む。そうすると、楽しい場面もわからなくなるほど、つまり楽しめない状態に陥る。宴が終わる頃には寂しくなって、酔いが覚めると、楽しかった思い出など完全に消去されている。

覚醒剤などの薬物が禁止されているのに、酒類は禁止されていない。飲みすぎることも規制されていない。明らかに、覚醒剤よりも大勢が迷惑し、犯罪もはるかに多数誘発されているのに、である。覚醒剤は中毒になるから、といわれているが、アルコール中毒だって身を滅ぼす。酒の方が安いから、経済的な破綻を招かない、という理屈だろうか。

コースタで叫んでしまう人は、酔っ払ってしまう人と同じだ。自制できることなのに、頭のどこかで「金を払った以上、叫ばなければ損だ、酔っ払わなければ損だ」と考えている。ついやってしまうのではない。やっても良い、やらないと駄目だ、という理屈が本人の頭にある。にやりと笑いつつ、黙って背中を押している自分がいるのである。

51

模型も小説も、完成したときの達成感みたいなものは僕にはない。

ものを作ることが好きで、毎日なにか作っている。模型であったり、庭での土木工事だったり、さらには、小説の執筆だって工作だと自分では認識している。そして、それらの「作品」は、ある時間を経て最終的な完成に至る。模型は完成しなかったものが幾らかあったけれど、短いものは数日、長いものでも二年ほどで完成している。小説では未完のものは一作もない。書き始めたら、二、三週間後には完成する。

完成というのは、その時点がいつなのか、判別が難しい。模型は特に、よくわからない。これで完成か、と思っても、なにか手を加える箇所が残っている。僕は、作品を人に見せたり、出展するようなこともないから、自分で「ま、これで完成かな」と思ったら完成だ。小説も、最後まで書いて、一回読み直して手直ししたら、「ま、完成かな」と思って、担当編集者へ送る。そのあとゲラ校正があり、また印刷や製本を経て完成となる。

完成したら見本を送ってくるけれど、僕は封を開けることはない。本棚にも入れない。

完成したときの「できたぁ!」といった感覚はまったくない。嬉しくもない。そういう意味では、好きな模型でも、小説と同じだ。模型は完成品で遊ぶ時間がそのあと訪れるので、出来具合が確かめられる。小説は読者の反応がある。不具合があったら、直したり、その次の作品で気をつけたりすることになるだろう。

完成時に達成感がないのは、僕自身では当たり前のことだが、世間ではどうだろうか。人の気持ちはわからないけれど、フィクションに描かれている範囲では、「やったぁ！」といった感動的なシーンがよく見られる。複数の人間が協力して作った場合なら、打ち上げになるし、後日大規模なパーティにもなる。そういう心躍るシチュエーションは、僕にはない。想像もできない。何がそんなに嬉しいのだろうか、と逆に問いたい。

苦しんで我慢をして、ようやく解放された、ということだろうか。そんなに工作や執筆は辛いものなのか。解放されて何をしたいのだろうか。僕は、作っている間が楽しいし、執筆している間も悪くないと感じている。少なくとも我慢をしている感覚はない。だから、解放されたとも感じない。作品が完成したら、その日のうちに次の作品に取り掛かる。完成するよりもっと以前から、頭は次の作品のことを考えていて、そちらの方が楽しみになっているので、その点では多少我慢しているかもしれない。つまり、「早くこれを仕上げて、次を書こう」という気持ちだ。工作では、この我慢をしないので、同時に複数のプロジェクトを進めることになる。いずれにも「達成」という感覚がないのだ。

52 親は子供を常識人にしたい。常識人というのは平凡な人のことである。

元気に育ってくれれば、それで充分だ、というのが子育てをする親の気持ちだと思う。怪我(けが)や病気をしないように願っている。その次には、仲間外れにならないよう、みんなと仲良くできる子供になってほしい、と考えている。それが親心というものだ。社会もだいたい同じように願っているみたいである。子供は立派な社会人に育ってほしい、周囲と協調できる仲間として迎え入れたい。そんな願望が顕著に観察できる。

この頃の小さな子供たちは、マイクを向けられると、実に優等生的な返答をする。「楽しかった」「友達に会えて嬉しかった」「みんなで力を合わせてやれた」「困っている人たちを助けることができて良かった」と、大人が答えてほしいことを答える子供ばかりである。マスコミがそういう返答を求めているし、また、典型的なもの言いをTVでも流すから、子供は学習している。大人を満足させることが、良い子の基本である。

自分が本当に感じたこと、考えたことを話してはいけない。相手が聞きたいと思っていることを言うのが「良い子」だ、と知っている。面接に臨(のぞ)む就活生と同じだ。

そういった発言をしているうちに、周りが笑顔になればそれで良い、という大人になる。空気を読んで、周囲に合わせる。自分の考えを持つ必要はない。深く考えるのは無駄なことだ。頭を下げ、相手に合わせる。営業人のようなスタイルの生き方になる。酔っ払っているときか、親しい友人と愚痴を言い合うときくらいしか、本音を語る機会はない。周囲の目を気にして、目立ったことを避ける。ただ、ネットでは、ちょっとした贅沢をアピールする。ちょっとセレブな気分を味わうことで満足する。

「平均的社会人」あるいは「人並みな人間」になるために、子供の頃から「型」に嵌るように叩き込まれている。たしかに、安心安全を第一に考えれば、そうなるのかもしれない。少なくとも「普通」の「良い子」であればいじめられない、という方針である。

対人的な振舞いは、常識的な方が有利かもしれない（少なくとも損がない）。でも、こういった人並みの発言や行動をしているうちに、もともと持っていた感性が萎縮することになる。その程度で萎縮しない感性の持ち主は、それを武器に人並みではない立場に上り詰めるだろう。そうではなく、そこそこの感性の子供は、それ以上伸びる機会を失う。

このようにして、人並みな大勢と、人並みでない少数の差が開く。人並みな大勢が、人並みから外れる者の足を引っ張り、仲間を増やしている構図である。

さて、あなたは自分の人生を、どう生きたいのでしょうか？

53

モールス信号が最近話題になっていた。

モールス信号というのは、電波を出したり止めたりして言葉を伝えるためのコードで、人間の声を電波にのせる（変調の）技術がまだない頃に使われた。ラジオを聴いているとわかるが、電波は届いていても、声が不鮮明で言葉が聞き取れないことがある。しかし、信号があるかないかであれば、かなり悪条件でもやりとりができる。

たとえば、隣の山にいる人と夜間に連絡がしたければ、手近な光を点けたり消したりして、モールス信号を送れば良い。日本語（ひらがな）は沢山あるけれど、英語ならアルファベット二十六個のモールス信号を覚えるだけで活用できる（〇から九までの数字も知っていた方が良いだろう）。

僕は、子供の頃にアマチュア無線の免許を取得した。アマチュア無線技士というのは、生涯有効なライセンスである。そのうち、電信（モールス信号）を使うライセンスもあって、これも取得した。実際に中学生のときに自作の送信機でロシアと交信したことがある。言葉を知らないから話はできないけれど、モールス信号なら簡単だし、沢山の略語があるので、それを駆使することで、だいたいのコミュニケーションが可能だ。

ブルーインパルスがスモークでモールス信号の「TU」を空に描いた、とニュースになっていた。「TU」は「サンキュー」の略語だ。ほかにも「73」なら「さようなら、またよろしく」となる。「DE」は「こちらは」だし、「K」は「どうぞ（自分は受信に移り、相手に送信を促すときに使う）」である。

モールス信号の初心者は、最初は一字ずつ頭の中で変換されるが、慣れてくると単語や文章までモールス信号で展開するようになる。一字ずつではなく、単語をまとめて音を覚えてしまうのだ。英語も、初心者は単語を聞こうとするけれど、慣れてくると文を一つの音で聞くようになる。これと似ている。

いつだったか、日本のドラマを見ていて、囚われている人が、床をコツコツと叩いて階下の人にモールス信号を送るシーンがあった。モールス信号は、短音と長音があって、短音の三倍が長音になる。短音と長音の境は、短音と同じ短い無音。また、文字と文字の境は、長音と同じ長さの無音になる。床を叩いても、短音と長音の区別がつかないので、モールス信号にはならない。ドラマの脚本家も監督も、よく知らなかったのだろう。

ちなみに、「SOS」は、Sが短音三つ、Oが長音三つなので、最も聞き取りやすいスペルになる。この理由で「SOS」が遭難信号になったともいわれている。

54

願望や疑問をニュースとして報道するのは、安っぽい仕事である。

ＴＶや新聞の報道がネットよりも高級だとは全然思わないけれど、違いがあるとすれば、歴史的な蓄積だろう。ネットには、引きずらなければならない過去の重みがなく、その軽さが自由を感じさせ、世界中に話題が広がるときには、わくわくさせてもらった。だが、今は軽さがネット報道の弱点となっている。ＴＶも新聞も雑誌も、ネットの中に吸い込まれて、玉石混淆(ぎょくせきこんこう)といえば聞こえは良いが、ほとんどが石コロであり、しかも河原に堆積(たいせき)した、角が取れて同じような形と大きさになった石ばかりだ。

この頃、「フェイク」という言葉が流行り始めているけれど、なんのことはない、昔からあったし、昔の方が多かった。違いは、フェイクだとすぐに伝わる速さくらい。そのフェイクに対する反応も、パニックのように広がりたがる。広げている大勢は、ただ反応しているだけだ。「よく確かめてから」と注意喚起されても、単なる反応なのだから、無理である。右から左へ伝達するゲームではないが、コピィ＆ペーストを反射的にしてしまう「ルータ」と化している。そこに情報は記憶されないから、べつにそれで良い。

まともっぽい記事であっても、読んでみると、書いた本人の単なる願望が述べられているだけ。こうだったら良いな、きっとこうなったら嬉しいだろうな、というものだ。それらは、理屈がある「意見」でもない。自分が嬉しくなる、自分に利益が及ぶことが「理由」であり、それを「理屈」だと勘違いしているみたいである。

自分が好まない方向に対しては、ただ「心配」するだけ。そして「疑問」を呈するだけ。悪いことではないけれど、それは「報道」ではない。「レポート」や「ニュース」と一緒にしてもらいたくない。

報道とは、もっと客観的な観測に基づいたものである。人々の代わりに遠くへ行き、詳しく調べてきた結果を報告するもの。そうすることで、人々の目や耳になり、個人の能力を増幅することで社会に貢献する。レポートやニュースは社会的価値が高い。お金を払ってでも、大勢が欲しがる立派な価値を生む「仕事」である。

しかし、今僕が書いているような文章は、そうではない。ただ考えてキーボードを打っているだけ。僕の考えを述べているだけだ。レポートでもないしニュースでもない。僕は、願望を滅多に書かないけれど、「ニュースと一緒にしてもらいたくない」というのは、僕の願望である。ただし、賛同者が欲しいのではない。個人の著書に掲載されるだけだ。これと同じものが、現在のネットニュースにあまりにも多い点が、問題だと思う。

55

リモート飲み会の行き着くところは、現実から乖離(かいり)したバーチャルである。

みんな、うすうす気づいていることと思う。「三密」を避けるために、自宅でのテレワークになり、飲み会までリモートになった、という報道があった。そんな馬鹿なことを本当にしているのか、どうも眉唾(まゆつば)っぽい。いかにもマスコミ受けしそうなネタである。きっと、TV局の関係者がやらされているのだろうな、と思った程度。

一回や二回なら、好奇心も伴い、まあまあ面白いかもしれない。だが、そもそも何をしているのか、と自問する人が離脱するだろう。話をしたければ、気の合った人と電話をすれば良い。酒が飲みたいなら一人で好きなだけ飲めば良い。仕事の話をしながら酒を飲みたいのか。そんな中途半端のどこが良いのだろう。否、人の趣味はそれぞれなので、こういうシチュエーションが趣味だ、という人を非難するつもりはない。ただ、他者を巻き込まずに実施した方が社会のためである。そのうち、「リモハラ」なんていわれることのないように。もっとも、酒を飲むこと自体が既にバーチャル感覚なのかもしれない。

だとすれば、身近な他者を巻き込まず、飲み会の相手をするアプリがそのうち現れるだろう（もうあるかも）。飲み仲間がいて、自分が好きなキャラだけを集めれば良い。どんなハラスメントもＯＫである。楽しい宴になることまちがいない。極端で不謹慎な例だが、満員電車で出勤するのもバーチャルなら、痴漢だってＯＫになるだろう。

冗談で書いているのではなく、「社会」というもの、「人間関係」というものの未来像が、ここにあると考えられる。個人の好きなように「設定」ができる社会になり、人間関係になる。また、ほんの少しの労働をすれば、それが仕事として評価される社会になるだろう。人生の楽しみは、ほとんどバーチャルの中で展開されるはずだ。今はゲームの世界に限られるが、しだいにリアルのほとんどのものが取り込まれていくはずだ。

そんな「まやかし」では満足できない、という人も、まやかしの存在をいずれ忘れてしまうだろう。実は、それこそ現在のリアルな社会の構造でもある点を考えてほしい。

人と会ったら笑顔で挨拶をする。内心快く思っていなくても上司だったら忠実な振りをし、なんでも賛同する。これがバーチャルなら、自分に素直でいれば良い。挨拶もせず、上司にも嫌味を言える。ただ、実質的な仕事や共同作業は行われていく。それぞれが自分の好きなように相手を設定して、不満を持たない仕様にできるのだ。

いずれが好ましいだろう？　自分を偽り、仮の姿で人とつき合い、ストレスを溜めるよりも、バーチャルはずっと健康的であり、安心安全な社会といえるのではないだろうか。

56 十日で建設された中国の病院とマスクを届けるのに何カ月もかかった日本。

たぶん、民度の差ではないだろうか（ジョークとして聞き流して下さい）。

中国の病院は、「仮病棟」と呼ばれていた。これは「けびょう棟」と読んではいけない。間違えた人がいるのでは？　僕は建築学科で教えていた専門家である。基礎のコンクリートが硬化するだけでも（早強か超早強セメントを用いても）一日か二日はかかる。地盤を均して型枠（かたわく）を作るだけでも一日はかかる。もしかして、基礎工事をしなかったのだろうか。給排水などの設備工事はどうしたのだろうか。など、いろいろと想像した。

ユニット化されたものが、あらかじめ用意されていたとしか思えない。どこかで大地震や大水害があったときに、近くに応急の病院を建てる需要があったのだ。日本では、工事現場の仮事務所としてプレハブの建物がよく用いられる。パネルを運んできて組み立てたり、小さいものなら丸ごと運んだりする。一日で設置できるが、設備関係を整えるのには時間がかかるし、まして、機能するような内装を整えるのは簡単ではない。もし、あらかじめ器具を揃えておく用意がなければ、それらの準備だけで一週間はかかるだろう。

日本は、ほとんど備えていなかった。海に隔てられた島国だからと油断していた。十数年まえのSARSやMARSのとき、大学構内に隔離宿泊施設がプレハブで建てられたけれど、感染者は出なかった。だが、その当時は、来日する中国人観光客が今ほど多くはなかったし、医療関係者も今よりは余裕があったみたいだ。

いろいろなものが年々合理化される。無駄なものは削減されていく。なにもなければけっこうなことだが、「無駄」は「余裕」でもある。いざとなったとき、増水した川の水を流し込める場所があるから、人がいる地域の洪水が防げた。そういう場所は無駄だと考え、住宅を建てるのかどうか、という問題なのだ。

マスクを全国民に配布するのは、良いアイデアだったけれど、それを実施するフィズイカルな手段がないことを政府は知らなかった。日頃から、足腰を鍛えていなかった証拠である。公共機関は、なんでも民間に委託する。請け負った会社もさらに子会社に委託する。実際に仕事をするのは下請だが、合理化で弱体化しているのは、まさに、手足となって働く下請だった。じっとしているときは手足はいらない、と頭は考えるようだ。

日本は国民の把握も直接していない。税金の申告さえ国民にさせている。マイナンバカードも頓挫(とんざ)し、電子マネーも普及しない。沢山の下請に満遍(まんべん)なく委託しないと利権争いになる。リーダが悪いのか、それとも民度が低いのか、どちらだろうか?

57 国民や市民に現金をばらまくのはいかがなものか、と僕は思う。

政治というのは、国民から税金を集めて、これを必要なものに使う、そうすることで不平等がない社会を実現することだ、と理解している。税金は、国民が同じ額を出しているのではない。収入が多いほど、また高い買いものをするほど多く払う仕組みだ。

以前に住んでいた地域で、「当選したら住民税を減らします」という候補が選挙に出馬した。僕は、その意見に賛同できなかったので彼に投票しなかったが、多くの支持を得て彼は当選した。減税を約束して選挙に臨むのは、いささか不純ではないか、というのが僕が感じたことだ。事実上、票を金で買っているようにも取れてしまう。だが、これは違法ではないらしい。現に、消費税を廃止すると訴えている政党もある。

今回のコロナ騒動で、政府は現金を国民に支給することを決定した。国民から集めた税金をまた国民へ支払うというわけだ。事実上の減税に等しいけれど、分配率は税率とは違い、一律だった。税金を払っていない子供にも支給された。

国だけではなく、市や町などの地方でも、それぞれ市民や町民に現金を配った。実際には議会で決定しているとはいえ、人々には市長や町長が金をくれたとの印象を与えるだろう。次の選挙で有利になることはまちがいない。こういうことをして良いのだろうか？

金を配るために税金を集めたのではないし、また、いくら原資があったとしても、ばらまくために蓄えたわけでもない。たまたま出せる地域だけが金を配る結果になった。どうもおかしい、と僕は思う。ただ、もらった人たちは、黙ってもらう。誰も反対しないのだ。ほかに使い道があるはずだ、それを考えるのが政治ではないのか、と言わなかった。

マスコミも反対しなかった。消費税が少し上がるだけで方々から市民の声を集めて回ったのに、小さめのマスクには異様に厳しかったのに、もらわなくても良い人たちにまで金が届けられる実態を何故追跡しないのだろう。今回のコロナ騒動で、儲かってしかたがない、笑いが止まらないという人たちも大勢いるのに、そんなところにまで国民の税金が回るのを問題視しないのは何故だろう？　結局は、政治家もマスコミも、大多数の国民、市民に迎合しているということを示している。

とりあえず、金はなんにでも使えるからもらっておいて、適切なところへ寄付すれば良い、という綺麗事も聞いた。補助金で助かった、という人も商売もあったにはちがいない。そういった大まかな成果はもちろんあったと思う。だから、全面的に反対はしない。しかし、将来のため、もっと適切な方法を議論し、準備をしておくべきだろう。

58 小学生のときの将来の夢は、鉄道模型のレイアウトを作ることだった。

レイアウトというのは、ジオラマのことだ。鉄道模型のジオラマをレイアウトと呼ぶ。これは世界共通。六畳間くらいの広さの場所に、線路を敷き、山や谷を作り、駅周辺の街も建設する。そんなミニチュアの世界を夢見ていた。僕が子供の頃には、まだNゲージは普及していない。その倍のサイズのＨＯゲージだった。

しかし、そのあとラジコン飛行機に出会ってしまい、その夢は途絶えた。飛行機を作って飛ばしたい、と夢見るようになり、これは大学生のときに実現した。卒業後に結婚と就職をした頃、半畳くらいのＨＯのレイアウトを作って、少し満足できた。その後も、家を建てたときに、一畳サイズのレイアウトを製作している。これも満足ができて、さらに大きいものを作る夢は消えたようだ。その代わり、もっと機関車のサイズを大きくして、自分が乗れるものが欲しい、と思い始めていた。それが、今の庭園鉄道になったので、夢がつながっているのか、それとも別物になったのかは判然としない。

模型飛行機の製作もずっと続けていて、最近でも飛ばしている。こちらは、広いエリアが必要だが、なにかを設置するような必要がない。着陸する場所が均されていれば充分だ。飛行機に関しては、自分が乗りたいと考えたことはない。人間が乗るためには、飛行機は実物大でなければならない。僕は実物には興味がない。自分一人で持てる大きさでないと困る。これは鉄道でも同じで、実物の鉄道に乗る趣味はまったくなく、見たり写真を撮るほどの興味も持ち合わせていない。

もともとＨＯゲージだったのだが、二十四歳のとき国際会議のために渡米して、シカゴのデパートでＧゲージの機関車を買った。ＨＯゲージより四倍ほど大きい（レールの幅は約三倍）。大きいほど面白いことを知って、さらに大きいものを求めるようになっていった。ラジコンの飛行機も、だんだん大きくなっていき、分解してクルマで運べる限界に到達していた（実物の四分の一スケールだった）。

三十代になって、ついに石炭で走る機関車のキットを購入。その頃から、庭園鉄道を現実的な夢と捉え、その資金稼ぎのために小説を書くことになるのである。

それから三十年近くが経過した。庭園鉄道のレイアウトもしだいに大きくなった。五インチゲージの機関車も四十台ほど作ったし、Ｇゲージの機関車は四百台を超えた。ラジコン飛行機は約百機、ヘリも約三十機になった。自分が乗れるクルマも何台か持っているが、身近にあるのは三台だけ。そのほかに除雪機が三台ある。どれも僕のおもちゃだ。

59

感情を揺さぶりたくない。びっくりさせたくない。落ち着いていてほしい。

内心はどうであれ、表に感情を出すことは「はしたない」と教育された世代だ。それが上品というもの。王家や皇室を見れば、それがわかる。アメリカの大統領は例外だ。大声で笑ったり、怒鳴ったり、泣き叫んだりするのも、みっともない。それは子供がすることであり、理性の欠如によるもの、と考えている。

ミステリィを書いている立場からすると、読者を驚かせたくない、というのは少々矛盾しているかもしれない。僕の目の前で僕の小説が読まれるわけではないので、読者が驚くところを見ないで済む。感動したとか、打ち震えたとか、思わず叫んでしまったとか、文章でなら読むことがあるけれど、それは、小説の文字を追っているのと同じだ。

上品に淡々と物語が進む方が良いし、あまり感情的にならないキャラクタの方が、個人的には好きだ。でも、自分の好き嫌いで作品をデザインしているわけではない。ただ、そういうキャラは、この世界では珍しいようなので、あえて採用しているだけである。

感情的な人というのは、感情が激しいというよりは、感情が単純なのである。単純なのは、パターンが限られているという意味であり、また人間以外の動物に近いともいえるだろう。単純な感情は、単純な条件によって、ほとんど同じ反応を繰り返すから、この種の人は、複雑にはなりにくい。さらに、単純ゆえに外部からコントロールされやすい。怒りやすい人は、ボスに従いやすい。感情的な方が、騙されやすいのも確かだろう。

一方、理性的な人は複雑な感情を構築する。理屈で感情を抑えるうちに、必然的にそうなる。思考によって生まれる新たな感情もある。また、他者の感情を読むこともできるようになる。こういう人は、外見を自在に装うことができるので、外部のコントロールを受けにくい。騙されにくいともいえる。

突然のことや、予期しない結果に人は驚くが、他者が驚くところを見たいという子供のような大人がいる。こういう人は、自分が驚きやすいから、他者も驚かせたい、と考えるようだ。驚きというのは、感情以前のもので、非常に単純な反応である。動物も驚いて狼狽る。人間が驚かなくなるのは、結果を予想する能力が、この反応を回避しているためで、驚かない方が、周囲を観察したり、思考や判断する時間が稼げて有利だからだ。

「あいつの驚く顔が見たい」という子供じみた感情を持ち続ける大人は、例外なく、単純な感情の持ち主で、驚かされ、腰を抜かす経験を重ねているのだろう。そうならないために、なにか対処を考えた方が、少なくとも人間らしいのではないか。

60 規格が統一されていないものが多すぎるのは、誰のせいなのか。

以前に書いたことがあるが、SF映画やスパイ映画で、現場で簡単にソケットを差し込んで作業を始めるシーンを見るたびに、「どうしてソケットの規格が合うんだよ」と不思議に思うのである。現実には、相当確率が低いといわざるをえない。

電池だって、乾電池のほんの一部だけがサイズが統一されているにすぎない。最近のバッテリィは、ソケットが何種類もあって、合う方が奇跡である。家庭のコンセントは統一されているけれど、これは国が違うと形もボルトも異なる。変換コネクタがあるけれど、それも多種用意しないと駄目だ。

電動工具も、最近はコードレス化されバッテリィ式だ。ボルトも違うしソケットの形も違うから、何種類も専用の充電器が必要になる。馬鹿じゃないのか、と思えてくる。

先行するものに合わせれば良いのだが、それが大きすぎたり、合わせたらトラブルが起こったり（電圧や極性の違いなど）、それともソケットを売りたいからだったり、理由はさまざまあるのだろう。不便を感じ、余計な出費を強いられるのは消費者である。

日本でいうと、コンセントは同じでも、周波数が東西で異なっている。鉄道のゲージも各種あって、そのままでは乗り入れができない場合がある。たとえば、シャープペンシルの芯は、おおかた太さ〇・五㎜だし、ホッチキスの針もだいたい標準のものは同じだ。これくらい統一されているのが理想だろう。キーボードの配置も、主要なアルファベットは同じである（記号類は探さないといけないけれど）。

ＩＴ機器のコネクタになると、誰もが諦めている。最近は無線になったので、この点では解決しつつある。そう、コネクタ自体がなくなる、というのが未来形のようだ。

もう少し余計な話をすると、住宅とかクルマも規格を作って、同じものを沢山生産すれば良いと思う。規格外のものが欲しい人は、倍以上の値段で買うことにする。統一規格のものは、国民住宅、国民車となる。靴とか洋服も、そういうものを出してほしい。国民靴、国民服である。自分はその手の自由はいらないから、という人はいるのでは？もっと小さいもので、筆記具などの文房具は、そんなにバラエティが必要ないのではないか。紙の大きさも、Ｂ型はやめて、Ａ型だけにしたらいけないのか。

日本の現在の街並みは、あまりにも雑然としている。色も形も大きさもまちまちだからだ。古い街並みや、ヨーロッパなどの街並みは、統一感があって綺麗だと感じる人が多いはず。自由であれば良い、というものばかりではない、という話。

61

「威張り」の九十五パーセントは、「空威張り」である。

もしかしたら、百パーセントかもしれないけれど、世界中には、純粋に実力を伴った正統な「威張り」が存在するかもしれないので、控えめに書いてみた。ただ、実力が伴っている場合に、「僕ならそれができます」と発言しても、威張っている状況ではなく、自信があるとか、客観的かつ冷静な判断として評価できるとか、になるだろう。

だいたい、「威張る」というのを身近で目撃したことがない。たぶん、僕には上司というような人がいなかったから、機会がなかったのだろう。著名な先生に会うような体験なら幾らかはあったけれど、例外なくどなたも物静かで穏やかで控えめだった。僕が「著名人」と認める人は、そういう「威張らない人」なので当然かもしれない。

だから、威張っている人は、ほぼ「空威張り」状態だと僕は判定することになる。もし、実力が伴った立派な人間なら、どうして威張る必要があるだろう。

なにか暴力的な争い事になろうかという事態においては、お互いに虚勢を張る必要がある。相手を萎縮させることも戦略のうちだからだ。ボクサが試合のまえのインタビューでこの状態になるようだが、伝統だとしても、見ていて格好の良いものではない。相手を称え、謙虚なもの言いをするのが、スポーツマン精神に相応しいだろう。「自慢」は威張るのと似ているが、相手を威嚇していない、という違いがある。「自慢」の場合には「空自慢」という言葉がない。実質と異なっていれば単なる「虚言」になるだけだ。それに、本人が自慢のつもりでない場合が多く、聞いた人間が、自慢だと受け取るのである。この心理は、「卑下」であり「僻み」かもしれない。どちらにしても、どうして無理に自分と他者を比べるのか、という問題に行き着く。なにかと比べたがる、比べないと気が済まない、といった症状が、なんでもない発言まで「自慢」と認識するのだ。これは、「威張っている」でも同様であり、「上から目線」という言葉まで生んだ。

この頃では「マウント」といった言葉も耳にする。他者と関わりたい人、つまり寂しがり屋ほど、どうも人間関係を比較によって評価したがる傾向にあるようだ。

「空元気」や「空出張」なる言葉も連想される。そのうち「空愛情」とか「空友情」あるいは「空絆」なども出てきそうだ。ようは、実質が伴わず、空回りしている状態である。

カラマツという日本の樹がある。寒い地方で見かけるが、普通の松と違い、幹が真っ直ぐだし、秋に黄葉して葉を落とす。漢字では「唐松」と書くようだが、「落葉松」とも書く。唐といっても、中国産ではない。もしかして「枯れ松」だったのかもしれない。

62

僕がイギリスに親しみを覚えるのは、ミステリィとクルマに起因している。

子供の頃に、萩尾望都先生の作品やイギリスからのレポートなどを読んだ影響かもしれない。イギリスのものが好きになった。自動車も魅力的なものが多い。たとえば、オースチン（あるいは、モリス、ローバ）のミニがそうだ。また、ミステリィでもイギリスは独特の文化があった。アガサ・クリスティやコナン・ドイル、G・K・チェスタトン、さらにコリン・デクスタやピータ・ラヴゼイなどなど。

イギリスのミステリィが面白いのは、理屈や探偵の発想に重点が置かれているからだし、事件は複雑怪奇に捻くれている。日本の本格ミステリィのルーツなのだ。

映画も、イギリスで作られたものを好んで見ていた。面白いし、知的だし、難しい。アメリカのように暴力的でもなく、フランスのように情緒的でもない。

島国であるから、日本に似ているとよく書かれているが、何が似ているのか、僕にはわからない。イギリスの人は、一言で表現するなら理屈っぽい感じがする。

蒸気機関車というか鉄道の発祥地でもある。今でも沢山の蒸気機関車が走っていて、大切に動体保存されているし、修理どころか新しい機関車まで作ってしまうほどだ。かつては、世界の富が集まっていたので、今でも豊かさは充分に残っている。ＥＵに参加するときには、「え、本当に？」と思ったものだが、「やっぱりね」となった。国力は衰え、見る影もないけれど、簡単には潰れないしぶとさ、しなやかさがあるようにも感じている。この点は、日本も大いに見習うべきだ、早いうちに。

イギリスのミニという自動車は、僕が二歳のときに誕生した。それが、現在でも日本中どこでも走っているのが見られる。僕も、二十年以上まえから所有していて、スバル氏が運転を覚えたクルマだ。一般には、ミニクーパと呼ばれることが多い。

日本のホンダがバイクから四輪へ進出し始めた頃、このミニのスタイルを真似て、Ｎ３６０というクルマを作った（その少しまえに、ドイツのフォルクスワーゲンのビートルを真似て、スバルがスバル３６０を作ったのと同じように）。そんな昔のクルマが、形をほとんど変えず、一九九九年まで生産されていた。その後、大幅にモデルチェンジし、今はドイツが、サイズが大きくなったミニを作っている。このミニも僕は所有している。

貴族的な文化、アカデミックな文化、紳士的な文化が根づいているわりに、ミニのようなコンパクトな大衆車を発想するのがイギリスである。大型車ばかり作っていたアメリカの文化とは、だいぶ違っている。

63 実際に自分が行ったことのある場所しか、小説の舞台にできない。

世界中のどこかの街とか、あるいは建物の中とかの場合である。風景のように、遠くからの眺めであれば、その場に行ったことがなくても、写真を見たり、ネットで動画を見たりすれば、小説に使える。だが、視点人物がその場を歩き回るようなシーンでは、その空間把握が重要であり、体験したことがない空間だと、頭の中で立体的な模型のようなものを作らないといけないので時間がかかるし、かなり面倒だ。これまでの記憶から適当に引っ張り出して、既に知っている場所を舞台にする方が、はるかに簡単である。

どういうことかというと、小説を書いているとき、つまり物語を進行させているときに、僕が思い描いているものは映像であり、しかもそれは「立体」の映像なのだ。普通の目が捉える映像は「平面」である。立体のように感じても、実際には隣の部屋は見えないし、邪魔なものがあったら、そのむこう側は見えない。見えないものは、存在しないのと同じだ。だが、実際には見えなくても存在していることを、キャラクタは意識しているはずだ。そうでなかったら、よく見もしないでドアから飛び出していけない。机の下へ手を伸ばすことだって躊躇ってしまうだろう。

小説の場合は特に、その場に複数の人物がいて、それぞれが勝手に動いているわけだから、全体を見るためには、立体として捉える必要がある。そうなると、他者が撮った写真や動画で見ただけでは情報が不足しがちで、そこから自分の想像で立体に起こさなければならない（この「立体に起こす」とは、「展開する」と書きたいところだったが、「展開図」のような次元を下げる行為とは逆方向なので、あえて「起こす」と書いた）。

道を歩いているときに、空から俯瞰した自分を思い描くとか、ビルの中を歩き回るときに、ビルの外から自分の位置や向きを認識するとか、そういった日常を以前に書いたことがあるけれど、これもつまりは「立体を見る」という意味である。

立体の把握は、実際にものを作ることで養われる。作るときには、スケッチや設計図を描くが、このときに立体を頭に思い描くはずだ。これから作るものは、現実にはまだ存在しないのに、それを想像できる。その中の寸法も計算できる。二つのパーツが干渉しないか（ぶつからないかという意味）も吟味する必要がある。どうやって出し入れするのかを考える必要があれば、頭の中の空間で、物体を移動させる想像もする。

こうして説明をすると、工作というものが、いかに小説の執筆に似ているか、少しご理解いただけるだろう。

64 もし不自由を感じたら、自分の思い込みはないか、と確認しよう。

これについては、何度も機会があるごとに書いているのだが、世間を観察していると、いかに大勢の人たちが、勝手に思い込んだことで自分を縛っているかがわかる。なにかに拘束され、自分の思いどおりにいかない。結果として困った状態に陥る。その不平を訴えているのだが、少し離れたところから見た感じ、その問題を回避する手段を本人が握ったまま、固く握り締めていることに気づいていないようなのだ。

たとえば、家族とは別れられない、家を出ることができない、会社があれば出勤しなければならない、電車が混んでいても乗るしかない、学校があれば行かなければならない、仕事を辞めることはできない、今住んでいるところから離れられない、ずっと生活は変えられない、明日も全員が生きている、一度決まったものは変えられない、新しいことをしてはいけない、みんなと違ったことはできない、習慣は変えられない、健康のためには寝なければならない、食事はきちんととらなければならない、一人でいることは寂しい、仲間になるために我慢が必要だ、などなど……。

もちろん、拘束されているのは、約束や契約が成立しているからであり、それを破れば得られなくなるものがある、だからできない、という判断が普通はある。だが、もしそうなら、その得られるもののことを考えれば、不満にはならないはずだ。

おそらく、不満をぶつける相手を間違えている、ということだと想像する。本来は、悪いのは本人、つまり「自分のせい」なのだが、それをつぎつぎ転嫁していくと、家族が悪い、会社が悪い、場所が悪い、経済が悪い、政治が悪い、と広がる。「悪い」と訴えたところで良くはならないのが普通である。「そうですか、なんとかしましょう」と手を差し伸べてくれるような仕組みは存在しない。

もう少し突っ込んで話を聞いたことがあるが、結局は、不満を口にしたい、ということのようでもあった。酒を飲んだときとか、つい言いたくなる。今だったら、ツイッタで呟(つぶや)きたくなる。なんとなく、それが社会に伝わるだろう、という幻想を抱いているのだ。

その感覚は、裏を返せば、社会が健全だからだ。総理大臣の悪口が言えるのは、総理大臣に「なんとかしてほしい」と訴えているわけだから、それはある意味で信頼していることに事実上近い。

僕は、政治というものを信頼していないし、期待もしていないから、そういった主張をしたいとも考えない。ただ、社会を観察し、自分にできることを実行するだけだ。

65

天才の意見は参考にならない。かといって身近に倣(なら)えば今のまま。

著名な人たちが、自分が成功した方法を語る。それを聞いたり読んだりしても、同じ成功を得ることはまずない。だから、「天才の方法では、参考にならない」と最初から諦める人も多い。だが、そうではない普通の方法では、変化は起きない。現状のままだ。平均的な方法に従えば、月並みな結果になるだけで、そのグループからは脱却できないだろう。

まず、成功者の方法が当てにならないことについて考えてみよう。成功者は、方法によって成功したのではなく、その方法を用いる才能があった、運があった、環境があった、というのが凡人の解釈だが、それは僕は少し違うと思う。才能とは、成功したときに表に出るもの、つまり結果論であるし、それは運でも同様。環境の差は、どこにでもあるが、環境を読めるかどうかの方が大きい。これは、観察能力の差ともいえる。

では、方法は間違っているのだろうか。嘘を語っているわけではないだろうから、間違っているのではない。ただ、微妙な解釈の差はあるかもしれない。ここは、語られた方法から、本質を抽出し、自分なりに加工することでカバーできる範囲だろう。

一番の問題は別のところにある。成功者と同じ方法を用いても、成功できなかった人が大勢いる、という事実だ。同じことをして、同じくらい努力したのに、成功できなかった、という場合が必ずある。むしろ、そちらの方が多い。そんな敗者は、ものを語る機会がない。本も書けないし、講演もしない。誰も聞いてくれないからだ。

どう考えれば良いのか。それは、つまりは「確率」なのである。「この方法で成功した」と語られることを、「この方法で成功した例がある」くらいに捉えること。「こちらの方法が正しい」とあれば、「その方法の方が成功確率が幾分高い」と解釈する。

ものごとは、数字の計算のように正解がきっちりと割り出せるものではない。限りなく複雑系であり、またファジィである。方法というものを、「だいたいそんな感じ」くらいにぼんやりと理解し、自分の行動についても、大まかな方針として採用する必要がある。必ずしも期待どおりにはならないことが普通であり、どんな結果になっても対処ができるように臨機応変に身構えていることが大事だ、と思う。

ある方法を否定する場合にも、「こんなの駄目だ」と断定しない。そんな方法もあるのか、役に立ちそうにないけれど覚えておこう、と取り込む。さまざまなものを頭に入れておけば、活用できるチャンスが将来訪れるかもしれない。知識もノウハウも、頭の中で断捨離する必要はない。ごちゃごちゃと散らかっている頭を、「柔軟な思考」という。

66

電子書籍がようやく一般的になってきたことを、僕はなんとも思っていない。

十年くらいまえには、電子書籍を推していた。早く移行すれば良いのにと思った。でも、自分以外の人にすすめるようなことではない。読者も作者も、どちらも本が好きな人ばかりで、自分たちのライフスタイルを変えたくないようだった。出版社も印刷会社もそうだし、もちろん書店も、書店で働く人たちも、眉を顰めるだけだった。

実際に手に取り、内容も少し読んでみてから選びたい。書店を回る時間が楽しい。本を持ち歩くことは苦にならない。喫茶店などで本を開く時間が大好きだ。そんな話だった。

しかし、新しい生活様式なのか、それとも今後の社会の方向性なのか、近頃では書店がどんどん潰れてしまい、近くに本屋がないという人が増えた。非常事態のときには、書店も図書館も喫茶店も閉まった。ネットで買うことができるけれど、運送業が忙しくなって、すぐに届かなくなったようだ。つまり、印刷業、書店、図書館、喫茶店、運送業などが、書籍を読者に届けるために存在し、それぞれがエネルギィを使い、少しずつ利益を得ていた。読者は、知らないうちに、それらすべてを負担していた、ということだ。

このように、具体的な状況に直面しないと、どこに無駄があるのか認識できない。電子書籍であれば、いつでも本が手に入り、どこでも読むことができる。最近では、経費がかからないことからか、電子書籍はセールが頻繁に行われ、値段も事実上下がりつつある、といっても過言ではない。

印刷された本は、贅沢品である。贅沢がいけないとは僕は思わない。現に今でも、僕は自分が読む雑誌をすべて印刷書籍で購入し、広いクロゼットを雑誌置き場にしている。一万冊近く持っているだろう。毎日二時間ほど数十冊の雑誌をぱらぱらと捲って、写真を見たりして思い出している。タイムスリップできる醍醐味もあって実に楽しい。古いものは百年もまえの雑誌だから、もちろん電子化されていない。

印刷された本は、レコード盤やCDなどと同じである。今の書店は、レコード店やCD店のような存在になるだろう。骨董品店に近いかもしれない。レコードやCDと違うのは、いつでも印刷物を再生できる点だ。プリンタがあれば、どこでも簡単に作ることができる。電子書籍をまず購入し、それを物体としての本にしたい人は、プラスαを支払って、一回だけ印刷できる権利を買う。印刷は、書店でもコンビニでもできるだろう。製本もしてくれるようになるはずだ。

喜ばしいことというよりも、これが普通、これが当然の状況に見える。

67 一億という数をわりと認識しやすいところに日本人は住んでいる。

今はもう少し多いけれど、子供の頃に、日本には一億人の人たちがいる、と知った。一億という数は身近ではないから、どれくらい多いのかわからないが、日本人の数だと覚えることで、その後の比較が可能になる。たとえば、「百万部のベストセラ」なら、「国民の百人に一人が買ったのか」と理解できるという具合だ。

先日も、「PCR検査をもっと沢山しろ」との声が上がっていたが、一日に百万人の検査がもしできたとしても、終了するのに百日かかるから、その百日のうちにまた感染が広がり、元の木阿弥になる。だいいち、百万人検査したら検査誤差だけで何万人も無用に収容しなければならない。日本中の医療従事者を結集しても、この数はとうてい不可能だ。

お金の場合は、僕が子供の頃に三億円強奪事件があった。三億円というのは、一万円が三万枚で、札束はトランク三つくらいの大荷物になる。白バイでやってきた偽警察官が、バイクで運べる荷物ではない。犯人は、現金輸送車ごと奪うしかなかったのだ。

何年かまえに銀行の貸金庫の解約にいったら、十年以上まえに入れたまま忘れていた二千万円の札束が出てきた。それを小さなボディバッグ（ワンショルダバッグ）に入れたらパンパンになって、近くの駐車場まで歩く間、周囲の人たちが悪者に見えた。

日本のウィルス感染者数は、（これを書いている現在は）二万人には届いていない。この数は、僕の小説の読者より少ない。小説というのは、極めてマイナな趣味であり、たとえ十万部売れる大ベストセラだったとしても、千人に一人も読んでいないことになる。「周囲の誰とも、小説の話ができない」というのは当然の話だ。

世界の死者数は、約四十万人だから、僕がかつて住んでいたことのある津市の三十万人よりは多い。津市が全滅したと想像するとわかりやすいが、こういうことを書くと、必ず文句を言ってくる人がいる（しかも、津市以外から）。

「億」という単位は、英語にはない。英語圏の人は、「ミリオン（百万）」という単位を使い、ミリオン×ミリオンが「ビリオン（十億）」になる。日本の作家でビリオンセラというと、赤川次郎氏くらいだろうか（想像だけで書きました。調べていません）。ビリオンといえば、ウィルスの状態でもある。ちなみに、ウィルスは、英語ではヴァイルス。

一億ミリメータは、どれくらいの長さか。ミリが千分の一で、キロは千倍だから、答えは百キロである。二の十乗は約千だから、一億は二の二十七乗くらいか。二人がジャンケンをするトーナメントで、僅か二十七連勝しただけで日本のトップに立てるのだ。

68

あなたは「貪った」ことがありますか？

「貪る」とは、欲深く欲しがる、際限なく欲しがる、というような意味で、「貧」と漢字が似ているから、飢えているような状況を連想してしまう人もいるだろう。しかし、「貪り読んだ」とか「惰眠を貪った」のように、それほど貧しいイメージで使われない場合の方が最近ではむしろ多い。あるいは、「暴利を貪る」や「安逸を貪る」のように、慎みのない様子を示す場合もある。

「貪り食う」様子を「がつがつ」という副詞で表現することが多い。「がつがつしている」ともいう。貪欲の文字どおり、貪り欲しがることだ。さらに「がっつく」も同じ意味で使われている。

この対極にあるのが、「武士は食わねど高楊枝」だろう。武士というものは、空腹であっても、まるで満腹のように楊枝を使って見せる。すなわち、「がつがつするな」という教えであり、言い換えれば、「痩せ我慢」をしてでも、高貴に装うのが美徳だという気風が古くからあったようだ。子供は子供らしく無邪気に、という現代の教育とは相容れない気風といえるかもしれない。

食べものだけの話ではない。貧乏であっても、「金がない」などと言わない。金を欲しがらない。そんな「清貧」が尊ばれたようにも覚えている。僕は両親からそう教えられた。その意味で、「困っているから補助金を寄越せ！」は、隔世の感といえよう。

「我慢することはない、正直であれ」との教えが前面に出たのは、それだけ社会に余裕が出てきたというか、福祉が行き届き、全体をまあまあ救えるような世になったからともいえるだろう。そもそも「格差」という言葉だって、絶大な格差が存在した時代には使われない表現であり、誰も意識さえしなかったのだ。格差がなくせるような時代になったから、「格差がある」と叫ばれるようになった。

そういった時代背景から、趣味的なものに没頭したり、学業やスポーツを探究することに「貪る」を使うようになった。そういった場では、貪るさまは「努力」であり、「精進」ともいえるからだ。「拘る」が良い意味に使われるのに似ているかもしれない。

「貪欲」は「どんよく」であって「ひんよく」ではない。「貪」と「貧」は見間違いやすい。血が少ないと「貧血」だから、欲が少ないのは「貧欲」となり、逆の意味だと勘違いされてしまう。そうではなく、「貪欲」は「強欲」と同じ意味になる。貝は金を意味し、今の貝が「貪」、分け与えて貝がなくなってしまうから「貧」ということらしい。

69

言い回しが英語と同じだ、という日本語が沢山あるようだ。

日本も開国して長い（いつから？）。特に、海外から入ってくるのは英語が多い。あらゆる文化も、英語とともに伝わってくる。日本人は、英語を義務教育で習うけれど、そうでなくても日常会話に、もの凄い量の英語が含まれている。カタカナで書く単語が、今でもどんどん増え続けていて、あたかも在来種を滅ぼす外来種の勢いである。

子供の頃に映画館で洋画を見たとき、「トイレに行ってくる」の意味で、「自然が私を呼んでいる」と話しているシーンに気づいた。ちょうど、「自然現象」などという言い回しを使い始めていたので、「英語から来ているのか」と驚いた。だったら、「社会の窓」も「social window」か、というと、それは思い過ごしだった。

「知らないうちに」という日本語も、英語の「私がそれを知るまえに」から来ているのではないか。「いつの間にか」と同じ意味だが、「知らないうちに」の方が新しそうな感じがするし、僕自身頻繁に使っている。

素晴らしいときに使う「目を見張るほど」も英語で「目を開けさせる」という。同じだ。どこの国の人でも、驚くときは目を大きくするのだろう。

英語を訳すときに、適当な日本語がなかったり、英語的な語順で日本語が使えるように、というような理由で作られたっぽい表現もある。そういう和訳の文章が出回った結果、日常的にそれらを会話でも使うようになったと想像する。「思うに」とか、「何故なら」で話し始めるのは、本来の日本語っぽくない。もっとも、漢文も英語と同じ語順であり、「子曰く」などで始まるので、英語と限定はできない（オランダ語は僕は知らない）。

土砂降りのときに、「猫と犬が降る雨」みたいにいうと英語で習ったけれど、これはあまり出会ったことがない。上手くジョークのように言うのだろうか。僕は聞いたことがない。屋根の上を猫や犬が走り回るようなシーンから来ているが、猫はそもそも足音を立てないし、犬は滅多に屋根には登らないだろう。カラスの方が煩いのではないか。

「顔に泥を塗った」なんて、いかにも英語みたいな言い回しだが、これは英語ではいわない。英語だと、「顔」ではなく「名前」を辱める対象に使うことが多いようだ。

よく知られているところでは、「蛙の子は蛙」が、英語でもそのまま同じだ。英語から来たのだろうか。「蛙の子はおたまじゃくし」だと誰も気づかなかったのか。

「恋に落ちる」なども英語から来ているだろう。もっとも英語の「fall」はたくさんの意味があるし、古くは「堕落する」「陥る」に近いようでもあるから、ままならない。

70

巣箱を設置すると、たちまち動物が住み始めるのは、ちょっと愉快。

子供のときに、巣箱を作るという行為を少年雑誌で知ったので、何度か廃材で巣箱を作って庭に設置したのだが、鳥が実際に入るなんてことは全然なかった。やはり、人工的なものを、野生の生き物は警戒するのではないか、と理解した。

最近、森林の中で暮らすようになり、この考えが間違っていたと知ることとなった。人が巣箱を作って設置すると、一年もしないうちに鳥やリスが住み始める。「こりゃ都合が良いや」と思うみたいだ（想像）。特に、鳥は小枝や苔などを集めて自分で巣を作るけれど、その労力を大幅に省くことができるし、巣箱の構造は、外敵から攻撃されにくい。出入口を小さくしておくことや、蛇などが来ないよう、地面から高い位置に設置するのがコツといえる。

鳥は春から夏にかけて卵を産むみたいで、その時期に巣を作って、そこで卵を温める。孵化（ふか）すると、しばらく赤ちゃんを見ることができるが、あっという間に巣立っていく。一昨年だったか、玄関ドアにかけてあったリースの内側（リングの下部）に巣を作ったし、今年は郵便ポストの中に巣を作った。だから、郵便を入れてもらう箱を別に設置し、配達にきた人にわかるように、「鳥の巣があるから、こちらへ入れて下さい」とイラスト入りの張り紙をした。卵はまえは四つだったが、今年は七つである。鳥の種類はわからないが、同じだ。雀よりは小さく、卵はウズラよりも小さい。

庭園鉄道の附属ストラクチャとして、モルタルでミニチュアの建物を作り、庭のあちらこちらに設置しているが、この窓からリスが出入りするところをよく見かける。リスの場合、巣として使っているかどうかは不明だ。卵を産まないから、よくわからない。

このほか、巣箱らしい巣箱も数カ所に設置していて、そのいずれもが、入居者がある。廃材で作り、直径五㎝もないほどの小さな穴を開けておくだけで良い。

鳥は、一年中いるけれど、季節によって別の鳥が来る。季節が変わるとどこかへ行ってしまうようだ。鳴き声と姿がなかなか一致しないけれど、たとえば、巣の近くへ人間が行くと、高い枝の上で鳴いたりする。見張りがいて、巣の中で卵を温めているパートナに「警戒せよ」と知らせているみたいだ。今年の七羽は、昨日無事に巣立った。

リスは一年中いて、地面を走り回ったり、枝から枝へ飛び移ったりするが、夏は葉が生茂るので見つけることは難しい。このほか、狐をたまに見かけるけれど、庭園内に住んでいるわけではない。犬たちがいるから、もしそうなら度胸のある狐だ。

71 心の中の声と口から出る言葉が逆になったらどうなるだろう?

つまり、「」の中の言葉と（）の中の言葉が入れ替わるわけである。心の中で（おはようございます。お久しぶりですね）と思って、口からは「嫌な奴に会ったなあ、なんとかやりすごそう」と出るわけである。小説だったら、記号を置換するだけだが、現実の世界がこうなったら、なかなか興味深い状況になる。

だが、そうなるのは必然があって、その世界では人の心の中を読むテレパシィ能力が誰にも備わっているのだ。そのかわり、耳がないので音は聞こえない。だから、口から出た言葉は聞こえず、心の中の呟きはちゃんと伝達する。

したがって、まったく問題はない。僕たちの世界とほぼ同じだといえる。ところが、そういう世界の人が、僕たちの世界を訪れると、ちょっと困ったことになるだろう。星新一（しんいち）のショートショートに出てきそうなシチュエーションである。「悟り（さと）男」みたいな怪物になる。相手の心が読めてしまうのだ。しかし、読めたことをつい口走ってしまうし、考えたことも感じたことも、全部口から出てしまうから、周囲の人たちに、それが聞こえるため、さほど要注意な怪物にはならない。ようするに、この怪物にとって、僕たち全員もまた怪物も同然だから、ほぼ互角の脅威となる。

　この異世界人が、僕たちの世界に半分くらい混ざっていると、お互いに牽制し合い、嘘がつけないし、悪い企みも未然に防がれるかもしれない。それとも、たちまち喧嘩になって、二つのグループに分かれてしまうだろうか。どちらのケースも、現実社会を風刺的に映しているように感じるのは、僕だけではないだろう。

　こんなところに書かずに、これで短編を書けば良いのに、と思われた方もいらっしゃることと想像。一発ネタというのは、しょせん一発ネタで、「ああ、それ、思いついたのね」と見切られてしまう。やりたくないというよりも、やるだけの効果がない。

　目が、低い指向性しか持たず、逆に耳が、高い指向性を持っていたら、人間は耳で映像を見て、目で音楽を見ることになったかもしれない。ただ、そうなるには、もっと巨大な目が必要になるだろうし、耳はラッパのように突き出た多数の器官になりそうだ。

　ところで、テレパシィというのは、科学的に実現できるものだろうか。テレポートよりははるかに実現性が高い。脳科学の将来として、ありえそうだ。頭で考えただけで機械が動かせるようになるのは、もっと近い将来なのだが、そういう技術が登場すると、SFの映画も小説も、非常にやりにくくなるだろう。

72

「ライフスタイル」というものが、今後もっと注目されるようになるだろう。

「ライフワーク」は、これまでにも多く使われてきた言葉だが、日本人の多くは「ワーク」を「ジョブ」として認識していて、人生の大部分を仕事絡みでしか考えない。「ライフスタイル」は幾分異なる。どう生きていくか、という方針みたいなものだ。子供たちが、自分の将来を想像したとき、まず一番に考えてほしいテーマである。大人になったら何になるのか、と質問されたときに、ジョブ（職業）ではなく、ライフスタイルを答えてほしい。答えられる子供がいたら、ご両親の影響だと微笑ましく思えるだろう。「ワーク」だって、賃金を得る仕事だけに限らない。今日は庭で芝刈りをしよう、というのもワークだし、本を読んで勉強しよう、だってワークである。そういう意味では、「ライフワーク」をほのぼのと思い描いている方が良い。どんな方面のことを、どんなふうにアプローチするのか、ということ。そのワークを支えるのが、ライフスタイルである。田舎暮らしをしよう、といったものだけがライフスタイルではない。もう少し抽象的にいえば、どうやって自分を幸せにするのか、という方向性である。

そのライフスタイルの一部には、ジョブもあるだろう。好きなことの実現には、資金を稼ぐ必要があるかもしれない。仕事はその一つの方法である。また、パートナや家族も一部になる可能性がある。全体ではない一部だ。そこを間違えないように。ファミリィは、あなたのライフスタイルの一部であって、ファミリィにライフスタイルがあるのではない。人生のどこかの期間、パートナや家族との関係が生じると捉える方が良い。

そうして考えていくと、「ライフホビィ」と呼ぶ方がしっくりくるかもしれない。スタイルでは、どこか装いとかファッション的な響きがあって、他者の目を意識しすぎている嫌いがある。雑誌などに見る「ライフスタイル」は、すべてこの方向へずれているようだ。そうではなく、評価するのは自分であり、もっと自己満足を追求する姿勢が欲しい。

この頃、仕事をリタイヤした老人が増えたし、健康な高齢者も多いためか、ライフスタイルやライフワークなどが、あちらこちらで注目されているようだ。というよりも、そこで儲けられると鼻を利かせた商売が宣伝を繰り広げているだけかもしれない。実態が伴うには、もうしばらく時間がかかるだろう。ライフワークは老後にあるのではない。若い頃から打ち込んでいないと、成熟したライフワークにはならないからだ。

逆にいえば、ジョブの方は、三十代か四十代に任せた方が良い。仕事のトップは若い人が適任だろう。リタイヤではなく、仕事を早めに卒業するのが未来のスタイルだろう。

73

人と話をしなければ、頭でいろいろ考えるようになるのではないか。

多くの人が、ほとんど考える時間を持っていないみたいだ。通勤時間なんか、ものを考えるうってつけの時間なのに、スマホによるインプットに消費される。また、多くの場合、他者との会話の時間も、考える時間を減らす要因となっているだろう。

僕は、通勤もしていないし、人と話をすることもない。家族との会話なんて一日トータルで五分程度だ。犬を撫でている時間の方がきっと長い。それ以外にも、食事は一回だけで十分程度だし、風呂は五分くらいだ。そのかわり、睡眠時間は七時間きっちり取る。そうなると、平均的な人との差は、やはり通勤と会話の時間がゼロという点になり、この分が、ものを考える時間になっている。

また、工作をしたり庭仕事をしたり犬の散歩にいったりする時間は、ほとんど肉体労働だから、頭は別のことを考えていられる。現にこの時間にいろいろ思いつく。これらすべてひっくるめると、一日に六時間くらいは、ものを考えていることになるだろう。

ちなみに、小説やエッセイの執筆、あるいはゲラ校正や編集者とのやり取りは、平均すると、一日に三十分程度なので、まったく誤差範囲である。

本当に人と会わなくなった。作家では吉本ばなな氏と清涼院流水氏の二人だけ。編集者は講談社の二人だけ。模型の友達は近所の二人だけ。これらの人が、年に二、三回会いにくるのみ。話をするといっても、せいぜい一時間。それだけでも、慣れないので、けっこう疲れる。良いエクササイズだと認識している。まったくゼロになったら、老化が進むかもしれない。世間の人は、毎日複数の人と会って、何時間も話をしているわけだから、疲れも溜まることだろう。そのため、ものを考える時間がないのだな、と理解できる。

電話というものは一切使っていないので、声を出して話をすることはない。メールも、やり取りをする相手を限定し、順次減らしてきた。今は一日に数件だけになった。

スバル氏の人間関係も、僕と似たり寄ったりで、非常に少ない。彼女はわりと電話をしているようだし、自分から会いに出かけることがたまにある（僕は皆無）。

森家には犬が複数いて、犬だけで留守番ができないので、人間が必ず一緒にいる。だから、スバル氏と僕が出かけるときは、犬を何匹か連れていく（一匹だけなら長女が面倒を見てくれるので、一匹は留守番だが）。必然的に、宿泊するような旅行は二人では不可能である。誰かと話をすれば、その一人のことだけを考える。誰とも話をしなければ、みんなが何を考えるか、社会はどうなるのか、と考える範囲が広がるだろう。

74

初めて、靴下を自分で買ってみた。

服を自分で買ったことがない。でも、靴や帽子は自分で買う。そういう話を書いた。今日、履いていた靴下に穴が開いていることを発見した。といっても、足を入れるところの穴ではない（既に書いたトリックだ）。足の裏に穴が開いていて、足の一部が床に接触する事態となった。スバル氏に見せたところ、「買いなさいよ」とのこと。

励ましのお言葉をもらい、Amazonで探して注文してみた。五足セットで千円ちょっとだった。安いな、と思った。めちゃくちゃ薄かったら困るが、大した損害にはならない。駄目な場合は、エンジンのキャブレタや燃料パイプのフィルタに利用できるはずだ。

ついでに、履き心地が悪いものや、ぼろぼろのものを選んで捨てることにした。靴下は、一つの引出しに入っていて、二十足くらいだろうか。それをローテーションで毎日使っているから、二十日分である。だいたい一週間ほどをまとめて洗濯してもらえるので、全部を使い切ることはない。洗濯組が戻ってきて、また気に入っているものの順で使うから、履き心地の良いものほど、頻繁に履く結果となり、早く傷むのだ。

　季節を問わず、一年を通して靴下は同じものを履く。薄いものはなく、すべて冬用の厚い生地のものばかりだ。夏でも風呂上がりに靴下を履く（これも何度か書いた）。冷え性なのだ。今日の血圧は、九十六の六十九だった、算用数字だと点対称。

　靴下を履かない日はない。して寝るとき以外は、常に靴下を履いている。朝起きたら、ベッドの横でまず靴下を履く。犬がベッドの横で寝ているので、犬を踏まないように片足ずつ履く（両足一度に履く人はいないだろう）。両手で靴下を持っているわけだから、バランスを崩しやすい姿勢になる。起きたばかりで寝ぼけているから、ときどきふらつき、倒れそうになるから、靴下が半分入ったところで、上げている足を急に下ろすことがある。すると、寝ている犬がびっくりして飛び起きる。可哀想なので、心して履くことにしているが、一カ月に二回くらい脅かしてしまうのである。どうでも良いことを書いているな。でも、濃い内容であれ、薄い内容であれ、著作料には無関係である。一文字書くごとに講談社から生活補助をいただいているみたいなものだから、恥ずかしいことも赤裸々に書いておこう。

　靴下を買うときには模様や色が気になるが、一度足に嵌めると見えない。ズボンや靴やスリッパにほぼ隠れる。人にも見られない。だが、まとめて洗濯されたあと、組み合わせがわかるような目印としての役目は果たす。所詮靴下、されど靴下である。

75

毎日でも食べられるほどアイスクリームが好きだが、一段で充分だ。

アイスクリームを年がら年中食べているが、毎日ではない。バニラよりもストロベリィが好きだ。毎日食べられるけれど、それだけ蓄えるほど冷蔵庫が大きくない。ゲストハウスの冷蔵庫の冷凍室が大きいから、沢山買い溜めしたときはそちらで保存することにしているが、ゲストハウスまで歩いていくのが億劫で、やはり毎日とはいかない。庭園鉄道に乗って出かけ、アイスクリームを食べて帰ってくることもある。庭園鉄道に乗りながら食べることも実は考えた。そういうビュッフェ車を作ろうかと真剣に考えた。しかし、軽便鉄道なので、急カーブが多すぎる。ゆっくりと食べていられるとは思えない。なにしろ、自分が運転しているのだ。乗客だったら充分に可能だろう。センサとパソコンを使って、自動運転をする手もある。そこまではまだ真剣に考えていない。庭園鉄道とアイスクリームを同時に楽しむことは、さほど重要ではないと考察している。

模型飛行機を飛ばす場所は、近くに樹がない開けた場所である。日当たりも良いので、夏は暑くなる。そういう場所でアイスクリームが食べたいものだ。僕はしたことがないけれど、飛行場で見かける人たちは、たいていクーラボックスを持ってきている。飲みものを凍らせてくるようだし、アイスクリームを食べているのを見たこともある。興味はなかったので、じっくりと見ていなかったが、最近理由がわかった。僕はエンジンの飛行機が好きだが、最近はモータ派が増えてきて、モータにはバッテリィが必要だから、ワンフライトにバッテリィ一個が必要になる。バッテリィは温度管理が大切で、熱くしても冷やしすぎてもパワーが出ない。そうなると保温や断熱のできるケースで管理することになる。だから、みんなクーラボックスを持っているのだ。フィッシングをする人も同じだ。帰りは魚を入れるが、行きは飲みものを入れてくる、というわけである。

冷たい飲みものを僕はほとんど飲まない。若いときに中国の先生から健康に悪いと聞いたからだ。ドイツでは、ビールを冷やさずに飲む。日本人が世界で一番冷たいものを飲んでいるのではないか。アイスクリームは、幸い、冷たいまま胃に直行しないから、だいぶましだと思うけれど。

コーンの上にアイスクリームをのせる食べ方があって、球体のアイスクリームを作る専用器具がある。スプーンの内面にアイスが粘着しないように、剥がすための装置が付いている。誰が考えたのか、優れたツールだ。コーンに何段にもアイスを積んだものをしばしば見かけるが、僕はダブルも食べたことがない。そんなに沢山は食べられない。

76 来客があると家の中が少し綺麗になるが、これは整理整頓とはいえない。

諄(くど)いほど書いているが、僕は「自分はこうです」ということを書く。人にすすめるつもりもないし、正しいとか間違っているとかの問題でもない。ご自由に受け止めてほしい。

「整理術」なる言葉がけっこう流行っていて、小耳に挟んだ程度だが、ものを捨てることや収納することがメインらしい。スペースを開ける、という意味では手っ取り早い手法であり、マスコミは好むだろう。急な来客があるとき、見える範囲を綺麗にするのも、これである。このように、外部からの刺激がないかぎり、なかなか踏ん切りがつかないのが実情だろう。森家でも同様で、スバル氏を観察すると顕著にこの傾向が見られる。

一時的に綺麗にはなるけれど、そのあと紛失騒ぎが勃発することになる。「あれはどこへ行った？」「捨てた覚えはないから、どこかにあるはず」と探し回る。捜索の結果、無事に発見されるのだが、「どうしてこんなところに？」というミステリィとなる。もちろん、誰かが隠したわけではない。自分でそこへ仕舞ったのだ。人間というのは、誰でもこの程度にはボケているし、無意識でも躰は動く。

一方、整理整頓とは、新しい作業を行うスペースを作ったり、仕事の効率や安全性を高めるために行う行為である。ただ、整理整頓を行う時間は、まったく仕事にならないわけだから、行為自体は大変な非効率といえる。なるべく整理整頓をしない方が合理的だから、使った道具をすぐに戻したりして、整理整頓された状態を崩さずに活動することが好ましい。しかし、これがどうして、簡単にはいかない。人間は、元来ボケているのだ。いつも同じ作業をするルーチンワークなら可能だが、どんどん新しいことをする場合は無理だ。新しい道具が増えるとか、作業の内容が変化するとかで、整理整頓した状況が逆に非効率の元凶となるためである。こうなると、整理整頓のし方を変えて、やり直しになる。ということは、頻繁に作業が変わるような場は、整理整頓をするだけ無駄だということだ。おお、これはなかなか都合の良い結論ではないか。

僕の仕事場は、謹んで書くが、もの凄い散らかりようである。おもちゃ箱をひっくりかえしたくらいでは再現できない。もっと「密」だ。書斎も工作室もガレージも、僕が生息できるぎりぎりのスペースしか残されていない。人に見られないので、これで良い。だがそれでも、新しい作業のためスペースが必要な場合があるから、しかたなく、ものを寄せていくと、さらに高密化し、さらに立体化されるので、光も届かない、いわば雷おこし（物体どうしがくっついて集積されたさまを比喩的に表現）みたいな状態になるのである。

77

なんでも「サザエさん家」に喩えて話す人がいるようだ。

高齢の人の場合、なんでも「野球でいえば」と喩え話をする傾向がある。「野球でいうなら、監督自らがバッタボックスで逆立ちするようなものだ」など。「そんなシチュエーションないだろう」と反論したかったら、「ゴルフでいうと、どうなりますか？」くらいに留めておいた方がよろしい。「キャディがクラブを持ってヨガをするようなものだ」「それって、反則じゃないですか？」といったふうに会話が弾むこと請け合いだ。

サザエさんは、今もアニメをやっているのだろうか。東芝が左前になって、スポンサを降りたという話を耳にした。そうなると、平屋の古風な家なのに電化製品だけ最新型というチグハグは改善されたのだろうか。玄関に並んでいる靴が小さすぎるから、ナイキとかがスポンサになれば、サザエさん一家の足がもう少しまともなサイズになるだろう。

僕は、アニメはほとんど見たことがないけれど、漫画のサザエさんは何冊か読んだことがある。アニメとはキャラクタがだいぶ違っていて、ワカメちゃんが一番違う。漫画のワカメちゃんは、もっと悪戯っ子だし、波平さんもフネさんも悪戯っ子である。

森家の場合、僕が波平でスバル氏がフネになり、長女がサザエだ。子供たちは犬になる。それぞれ、「この子がカツオ」と割り振られているのだが、生まれた順番は無視され、長女が面倒を見ている子がタラちゃんになっている。僕が面倒を見ている子はカツオ君だ。そういう配役を、スバル氏と長女が勝手に決めていて、腹話術でしゃべらせている。

サザエさんの家は、庭がやけに広い。今時の都内では珍しいだろう。これは、ドラえもんでもいえる。時代が違うのだ。主人公たちの家には自家用車がない。だからガレージもない。家の間取りも、ありえないほど古い。子供部屋に押入れがあるし、勉強机も骨董（こっとう）品ものだ。のび太君は、机の引出しになにも入れていないなんて、超整理魔なのか。

なによりも、子供たちは土管が置かれた空地で遊んでいる。土管撤去で署名運動ものである。野球をして他所（よそ）の家のガラスを破るなんてシチュエーションはありえないだろうし、他所の家の柿を取ろうなんて子供も今はいない。柿を知らない子供だって多いはず。

研究室のメンバも、サザエさん家に喩えやすい。教授と助教授が波平とフネで、助手や講師がサザエやマスオだ。院生は、誰に指導されているかで、カツオかタラオかに分かれる。同じ年代の子供でも親の世代が違う、という状況を表すのに都合の良いモデルなのだ。日本の昔の家は大勢が同居していたから、そういった複雑さがどこにもあったのである。最近だと、犬の多頭飼いの家で、犬たちの関係性を示すのに都合が良い。

78 お気に入りのキャラが出ない、という不満。もう作品を見なくなっている。

小説もシリーズものになると、馴染みのキャラが登場するから、自ずと親近感が湧くようだ。書いている側からすると、キャラ造形を新たにする必要がなく、楽といえば楽であるが、過去との整合性を取る必要を感じる人はやりたくないだろう。

読者の感想などを読むかぎりでは、物語とかトリックとかはどうでも良くて、とにかく自分が好きなキャラが登場するかどうかで作品の価値を決定する傾向が一部に見られる。

全然悪くない。たとえば、舞台の役者などでも、ファンと呼ばれる人の多くは、芝居上の人物ではなく、役者に入れ込んでいる。つまり、物語など二の次といえる。役者が引き立つシーンやストーリィであればそれで良い、という評価になるし、脚本家も演出家も、特定の役者を引き立てるような設定を用意するだろう。

舞台の上で演じられるものでは、リアルと錯覚するような人は少ないかもしれないが、小説は感情移入し、読んでいる間はそこにリアルがあると思えるような感じ方をする読者もいるはず。しかし、キャラ読みをしてしまうと、舞台の役者に声援を送るがごとく、登場人物を見守ることがメインとなるだろう。小説のキャラを登場させる二次創作が同人誌などで盛んに行われるのも、このような動機によるものと想像する。

したがって、シリーズものの小説は、誰が登場するのかが、読者の関心事になりやすい。ストーリィよりもずっと大事なことなのである。一般に、ミステリィにおける「ネタバレ」というのは、トリックのネタを明かしてしまうことだが、今ではトリックなどどうでも良くて、キャラが出てくるかどうかの方がネタになっている。僕自身も、誰が登場するのかは、重要なネタのうちだと考えている。けれど、それはミステリィのネタバレではない、と捉えて、平気で作品紹介をする人の方がずっと多数である。

この頃のネットでは、「感想」と題して、あらすじを紹介し、誰が出てきて、どうなるか、を書いているものがほとんどだ。ネタバレしかない、といっても過言ではない。おそらく、ミステリィファンの大多数が「自分もネタバレしたい」と望んでいるのだろう。ただ、人に「面白いから読んでみて」とすすめたい人は、ネタバレを避けた方が賢明だ。ネタバレされたら読まないという人も絶滅危惧種ではあるものの残っているからだ。

主人公の名前を毎回変更するシリーズものを書いてみようか、と思ったこともある。そうすると、「この人は実は〜」とか「ばればれだ」などと、また鬼の首を取ったかのように書き立てられるにちがいない。それはそれで、宣伝効果があるかも、と考えたからだ。

79

「サプライズ」が流行っているようだが、「驚き」は良いことなのか。

きちんと根回しをせず、いきなり結論を出すような行為が「サプライズ」である。相手を驚かせるわけだが、嬉しい方向なのかどうか、あらかじめ入念に確認した方が良く、入念に確認すると、おそらくサプライズではなくなるだろう。だから、基本的にサプライズは好ましいものとは思えない。少なくとも僕は嫌いだ。驚くところが見たい、という考えが下品だと感じる。下品なことは、下品なことが好きな人どうし、身内に留めてほしい。

それから、驚くことが礼儀になっているというか、オーバに驚いて見せるのが優しさだと強制されている、みたいな風潮もある。誰かが欲しいと思っているものをプレゼントしたら、びっくりして喜んだ、というのがスタンダードであるけれど、べつに、喜ぶだけで充分に嬉しいわけで、びっくりするだけマイナスだ、と僕は感じる。

そもそも、僕は自分がもの凄く欲しいものを誰かから突然もらっても、そんなに驚いたりしない。それくらいの可能性は予期できるからだ。驚くのは、なにも考えていない人である。それが悪いという意味ではない。考えないで生きていけるなんて幸せだ。

ときどき出版社から僕の本に関するマーケティングの提案が来る。そういうことには口を出さない方なので、「問題ありません」とたいてい答えている。でも、ファンの人たちに知らせた方が良いかな、と考えて、「ブログに書いても良いですか？」と編集者に尋ねる。編集者は営業部に許可を得ようとするのだが、多くの場合、「情報解禁は何日何時」という連絡が来る。つまり、その企画が行われるという正式の告知よりもまえに情報を漏らすな、という意味だ。だが、それでは直前すぎないか。あるときは当日スタートだったりする。この頃のネットは情報の伝達に時間がかかるのだ。関心のある人がどこかのサイトを毎日チェックしている、という場合はごく少ない。ツイッタで噂が広がる方が早いが、それには一週間以上、ときには数カ月かかることも珍しくない。

営業の人たちは、自分たちが相手にしている書店など、すぐ身近の人のことしかイメージしていない。日本中、あるいは海外にもいるファンに情報を伝えることは重要視していないのだろう。突然見せる方がサプライズになって効果がある。「驚き」が宣伝の重要な要因だという感覚を持っているようだ。僕は、そうは思わない。驚きは、目の前にいる人間の反応であって、伝達効果にさほど寄与しない。「なるべく早く周知した方が良い。できれば半年くらいまえから」とお願いしているが、そもそも企画が上がってくるのが、半年まえよりも間近である。もう少し広く、もう少し先を見てほしいものである。

80 「そんなことでは国民が納得しませんよ、総理」と、聞くと納得できない。

　間違えないでもらいたいので、最初に書くし、これまでも散々書いてきたことだが、僕は政権政党に票を入れたことが一度もない。権力あるいは保守が嫌いな人間だ。だから、野党には頑張ってもらいたい。でも、だからといって与党に全面的に反対し、野党を常に褒め称えたりはできない。少数派かもしれないが、ごく常識的な人間である。

「疑惑」というものが持ち上がる。最近だと、どこかの週刊誌の記事だったりする。「この疑惑について説明して下さい。無関係ならエビデンスを示して下さい」と国会で野党議員が迫ると、「そういった事実は一切ございません」と大臣が答弁する。そんなときに、表題の言葉が出てくるのだ。

　いや、国民が納得するかどうかは、単なるイメージだろう。それを言うなら、国民が納得していないというエビデンスを示すべきだし、さらに納得していないことが事実であったとしても、国民の納得が得られないものは違法だ、というわけでもない。その場合は、投票などの手続きで解決すべきだろう。

そもそも、疑惑が持ち上がったとき、エビデンスを示すのは、質問する側である。「あなた、悪いことをしているんじゃないの？」「いえ、けっしてそのようなことは」「本当ですか？　エビデンスを示してもらわないと、私は納得しません」というようなやり取りを想像してみてほしい。「あなたの納得が、なにか私に関係があるのですか？」と答えても良いし、「存在しないことのエビデンスというのは、論理的に示せません」でも良い。「本当ですか？」と詰め寄っている方が、エビデンスらしきものを提示しないと、答えようがないし、議論にもならない。これを「単なるパフォーマンス」と称する。

そもそも、週刊誌の記者よりも、野党が調査をしなければならない。違いますか？　似た問題だが、中国の領海侵入とか、北朝鮮の拉致とかの場合も、政府の対応を問い質すまえに、まず中国や北朝鮮について調査をして、相手の言い分をきいてくるくらいするべきではないか。それが報道というものだ。そんなことできないよ、というならば、まずそこを謝罪し、「想像ですが、どうなっているのでしょうか？　政府はどうお考えですか？」と丁寧な言葉で尋ねるのが、紳士的な行動だと思われる。あらゆる議論は、紳士的でなければする意味がない。相手の立場を尊重しなければ、意見を述べる意味もない。

国民を味方につけたかの発言は、国民の一人として不愉快だ。国民だっていろいろいるし、多数決で割り切ってもらいたくない。少数派を尊重するのが民主主義の基本である。

81 政治的なことを書いたみたいに認識されたかもしれないが、そうではない。

この頃、SNSで「政治的な発言」をする著名人が増えているらしい。なかには、「タレントやアスリートは、政治的な発言を控えるべきだ」という政治的発言をしている人もいる。いったい、政治的発言とは何なのか、僕にはよくわからない。

僕が目や耳にした範囲では、政治的な発言をしているのは政治家くらいだ。問題になっていた言動も、ごく普通の感想の類で、目くじらを立てるほどのものではない。

ただし、「私はこう思う」ならば問題ないけれど、「みんなも一緒に叫ぼう」となると、やや微妙かもしれない。つまり、政治的活動への参加を促しているからだ。そういった勧誘は、著名人の立場を利用しているものになり、僕は好きになれない。でも、海外ではそれも含めて「普通」の発言である。投票に影響するものだって、自由なのだ。

僕は、大勢の声を集めて、「数」を力にしよう、という行為が生理的に嫌いだ。その意味では、政治的なものが肌に合わない、ともいえる。でも、個人の意見を自由に述べることは、どんな国のどんな組織のどんな人でも、不可侵な権利である。それを否定することはできない。そうなると「一緒にやろうよ」という声かけも自由だ。でも、そこに僕は生理的な抵抗を感じる、というだけの話で、人がやることには反対しない。

誰にも賛同してもらわなくても、意見だけは述べることにしている。それは、少数派が存在することを知ってもらいたいからだ。そこを忘れないでほしい。そこを意識してもらえば、多数決でけっこうだし、決定したことには、無理のない範囲で協力もできる。

今回、本書を書いているのが、コロナ騒動の真っ只中なので、時事的な話題が多くなっている。僕のエッセイには珍しいことだ。でも、この騒ぎは、誰もが経験しているものだし、後世にしばらく引き継がれるだろうから、いつものように「時事は避ける」という方針を取り払って書いてみた。時事を避けるのは、「政治的だ」と受け取られ、そうなると多くの人が「自分の味方か敵か」で即決し、文章の内容を読んでもらえなくなるからである。「政治的なものはとにかく受け付けない」ともおっしゃる。でも、政治的なものは、生理的なものにわりと近いのではないか。だって、国の生理こそ、政治問題なのだ。

以前にも書いたが、僕は政治家になりたくない。大勢の人の代表とかリーダになりたくない。人から注目されることが嫌いだ。しかし、政治家という職業は必要だし、そういった方面で献身的に仕事をされている人を尊敬している。たまに希望や不平を書くかもしれないが、政治家の人間性を否定するつもりはないし、その理由も持ち合わせていない。

82

鉄道の二本のレールを横ではなく縦に並べたら良かったのに、と思う。

日本語の文字は縦書きではなく横書きにした方が良い、と思う。だいたい横書きの文化になってきた。取り残されているのは文芸の僅かな界隈(かいわい)だけで、僕の印象では全体の数パーセントかな、と観測している。出版社の契約書もだいたい横書きだ。

物体を並べるときに横に整列させるのは、縦にしたら重力と摩擦のために取り出しにくくなるからである。たとえば、本棚を想像してもらいたい。僕は、雑誌を平積みにしているので、下の方にある本を抜くのに一苦労となる。雑誌などのカバーは、もっと摩擦係数の小さいコーティングをしてもらいたいものだ。

鉄道の線路の話だが、二本のレールは一定間隔で横に並べられている。これは当然、誰が考えてもこうなるだろう。線路がない時代でも、荷車の車輪が左右にあったわけで、その車輪が転がりやすい経路は、線路の形態に自然になる。現在のレールのように、地面から高い位置ではなく、二本の溝を掘る手もあった。おもちゃのプラレールみたいな感じだし、引き戸の戸車も溝を走るものがある。だが、溝の場合、そこに落ち込む異物があったときトラブルになる。レールのように地面より高い位置なら、そういった異物が跳ね飛ばされて排除される可能性が高い。

二本レールの上に、重力を頼りに乗っている現行の鉄道では、脱線事故が起こりやすい。また、左右の車輪が軸でつながっている場合、カーブできいきいとスリップ音が鳴り、抵抗も増加する。僕の庭園鉄道でも、この問題があるから、レールにオイルをたまに塗って、静かに走れるように工夫している。

これらを解決するものとして、上下に二本のレールを並べる方法がある。下のレールは上向きに、上のレールは下向きに設置する。上下のレールに挟まれた位置に車両があって、上下に車輪を押しつけて走る。こうすると脱線しないし、カーブの内輪差もない。

問題は、上のレールをどのように固定するのか。つまり、モノレールのように、上部のレールを支える構造物が必要になる。今の鉄道にある架線のように支柱を立てて結ぶだけだが、架線よりは多少構造的な強度が必要となり、大規模なものになる。ただ、上のレールは架線を兼ねるので、架線自体は不要となるだろう。

このような鉄道は、モノレールに近い。実際に作って実験をした人もいる。実用化されなかったのは、線路の設置に多額の資金が必要だからだろうか。未来的な発想ではなく、十九世紀に話題になりそうなレトロなアイデアといえる。

83

プロフィールにいつも書かれる「メフィスト賞」について。

デビュー作『すべてがFになる』で第一回メフィスト賞を受賞した、と僕のプロフィールに常に書かれている。多くの方は、僕がそういう文学賞に作品を応募したのだ、と受け取ることと想像する。幾らか誤解がある。でも、誤解されたままでもかまわないし、そちらの方が印象良いかもしれない。

僕は、初めての作品『冷たい密室と博士たち』を書いたあと、どこかの小説雑誌が作品を募集しているのではないか、と思い、書店に出かけて、雑誌コーナを探した。何冊かあって、ぱらぱらと捲ってみたところ、「メフィスト」という講談社の雑誌だけ、応募条件に原稿の枚数制限がなかったので、そこへ送ることにした。なにしろ原稿用紙など使っていないから枚数さえわからないし、プリンタは横書きしか出力できなかったのだ。するど、編集部から電話がかかってきて、「本にします」と言われた。編集者の唐木(からき)氏がわざわざ会いにきてくれた。そのときには、既に完成していた二作めを手渡したし、三作めもほぼ完成していた。だから、その話をした。さらに二カ月くらい経って、編集長と電話で話をしたときに、四作めの『すべてがFになる』を半分ほど書いたところだ、と話した。「孤島もので密室ものですよ」と説明しただけなのに、「わかりました。では、それを最初に出版しましょう」と言われた。編集長というのは、宇山氏である。

四作めが最初になると言われたので、急遽、時系列を変更するために四作を修正する作業をしなければならなかった。また、ゲラというものが送られてきて、この校正作業にも時間を取られたので、五作めの完成が少し遅れてしまった（デビューまえには完成）。

さらに数カ月後に、本が出版された。その直前だったか、編集部から、「メフィスト賞」というものを設立することになった、と連絡があった。「へえ、そうですか」と応えたかと思う。見本が送られてきたら、本の帯に「第一回メフィスト賞受賞作」とあった。

つまり、僕はメフィスト賞に応募したのではない。「メフィスト」誌の編集部に投稿した作品も別のものだ。二作め以降は、出版が決定してから担当編集者に手渡しただけだから、「応募」にも「投稿」にも当たらない。二十五年もまえの話である。

小説を書いた時点では、講談社ノベルスの存在も知らなかった。綾辻行人は知っていたけれど、デビュー時に推薦をいただいた、法月綸太郎、我孫子武丸、有栖川有栖も知らないし、京極夏彦も知らない。日本の作家で生きている人では、筒井康隆か星新一か赤川次郎しか読んだことがなかった。それくらい世間知らずだったのである。

84 日本人作家の小説をほとんど読んだことがなかった 世間知らず2

それどころか、講談社が大きな出版社だとも知らなかった。出版社の名前なんて、ほとんど認識していない。小説は主として翻訳物を読んでいたので、早川とか東京創元社の方が大きいのかなとか、角川はときどき耳にするなとか、その程度だった。江戸川乱歩（えどがわらんぽ）は途中まで読んで、あまりぴんとこなかったし、海外の作品を訳したもののようだった。横溝正史（よこみぞせいし）は名前は知っていたが読んだことはない。ミステリィ作家ではないが、村上春樹（むらかみはるき）は、名前も知らなかった。推（お）して知るべし。

編集者と会ったあと、講談社ノベルスが沢山送られてくるようになった。いただいたものは読まないと失礼かと、最初は努力したが、すぐに消化しきれなくなった。でも、このときに、どんな作家がミステリィ界隈にいらっしゃるのかを知った。特に、自分の作品の推薦をしていただいた方の作品は、心して読んだ。編集者が対談をさせたがっているようでもあり、そんなことになったら、相手の作品を知らないでは済まされないだろう、と心配したこともあった。

十代から二十代にかけては、海外のミステリィを一カ月に一冊か二冊は読んでいたと思う。それらくらいしか小説というものに接していないので、森博嗣の作品のベースはそこにしかない。でも、TVドラマの影響の方が大きく、「コロンボ」が一番影響を受けたかもしれない。見たのは中学生の頃だが。

最も好きになったのはエラリィ・クイーン。新しいところでは、ディビッド・ハンドラが気に入っていた。この二人はアメリカである。それ以外は、ほとんどイギリスの古典ミステリィだったと思う。どの探偵が好きだ、というものはないし、また、どの作風が好きか、というのもない。全体を一つにして認識している。

ちなみに、SF小説は読んだことがほとんどない（筒井康隆と星新一が例外）。SFは映画で見るものだと思っている（逆にミステリィ映画が少ない）。

メフィスト賞も、僕のあとの五人くらいまでは知っているけれど、そのあとは追えていない。SF作品でも取れるのだろうか。僕がデビューした頃は、「SFは売れません」ときっぱり釘を刺されるほどの時代だったので、書きたいけれど我慢していた。

小説家に会ってご挨拶したことも、ほとんどない。むしろ漫画家の方が多い。小説関係のパーティにはいかないし、そういったイベントにも出席しないから、機会がない。対談をしたという作家も数えるほどしかいない。そんな引籠（ひきこ）もり作家である。

85

かつて「工作少年」という言葉が輝いていた。今も人知れず輝いている。

『工作少年の日々』という本を上梓したことがある。もう印刷書籍は絶版だ。僕のライフワークといえるワードであるけれど、とにかく不器用だし、それに体力もなく、おまけに面倒くさがりなので、まったくその方面ではものにならなかった。ただ楽しんでいるだけだ。そういうのも、ライフワークといえるはず。

毎日工作を楽しんでいるなんて、今頃では老人だけだろう、と認識していたが、ネットでときどき若い方を見かける。作る人は作っている。少年に限らない。少女も多い。おそらく、今はそういった性差別の目もないし、ご両親も応援するのだろう。

「鉄道模型趣味」誌の編集長だった石橋春生(いしばしはるお)氏にお会いしたとき、同誌にイラスト付きの記事を書かれている小林信夫(こばやしのぶお)氏について、「ファンですが、小林さんはおいくつくらいの方ですか?」と尋ねたら、「四十代かな」とお答えになった。え、そんなに若いの、と首を傾げた。なにしろ、三十年くらいまえから知っていた。だったら、まちがいなく天才工作少年ではないか、と思った。知合いで九十代の井上昭雄(いのうえてるお)氏に、石橋氏の年齢を尋ねたら、「僕よりも上だと思う」とおっしゃる。のちのち、当の小林氏が、八〇年代まではトミーの社員だったと知った。そういえばNゲージの製品の箱に似たイラストがあったのに思い至る。となると、どう考えても僕と同じくらいか、歳上なのではないか。つまり、九十代の方から見れば、六十代も四十代も同じくらい「少年」なのだ。

僕より七つくらい若い人で、小池令之氏も「工作少年」に相応しい人だ。独創的なものを作られるし、まさに現代の絡繰師といえる。やはり鉄道模型を主な対象とされているので、いろいろ勉強になるのだが、真似はできない。さきほどの小林氏も小池氏も、ともにイラストレータが本職らしい。独創的な工作をする人は、絵が達者だが、プロなら飛び抜けて上手でも当然だろう。最近亡くなられた水野良太郎氏も好例である。

「子供の科学」誌に毎月連載記事を書かせていただいている。もう一年半以上続いていて、できたら三年間はやりたい、と思っている。僕が毎月購読している日本の雑誌は、「鉄道模型趣味」と「子供の科学」だけになった。

その連載を読んで、東京の若者が手紙をくれた。以来、メールを交換している。彼の質問に答えるだけだが、毎回彼が作った模型の写真が数枚添付されていて、それがかなり凄い。明らかに僕より工作の腕は上。ここにも工作少年がいるのだな、と頼もしく感じた。心配することもない。みんな、黙々と作っているから表に出ないだけなのだ。

86

小説は前年には執筆を終え、エッセイでも半年以上まえに脱稿している。

デビューしたときには、四作のストック(脱稿済み完成原稿)があった。当時は一年に四冊のペースで発行したから、やはり一年先行して執筆していたことになる。だから、その習慣が以後ずっと継続しているだけだ。ただ、依頼される仕事は、もっと急である。雑誌も新聞も、原稿依頼は「来月までに」と締切が早い。再来月には印刷して発行する、といったスケジュールなのだ。そういうぎりぎりのルーチンで、この業界は回っている。ライブ感覚を楽しんでいる人たちなんだな、としか思えない。

読者と同じ時間で発信したい。そういった臨場感を求めているようだが、読者はそこまで求めていないだろう(たとえば、僕は全然気にしない)。それに、発信する側は、少し未来のことを想像して書けば良いだけだ。半年くらいさきなんて、軽く想像できるのではないか。編集後記のようなコメント欄だけぎりぎりで書くか、少し修正すれば良い。

もっと凄いのは、小説の原稿が届いてから、イラストレータに挿絵を依頼することだ。つまり、絵を描く人はさらに厳しい締切に追われる。そういえば、漫画家の皆さんは実に過酷なスケジュールで仕事をしている。どうしてそんな余裕のない進行にしたのか、不思議でならない。そんな環境に慣れてしまうと、締切に追われないと働かない人間になるらしい。お金がなくならないと仕事をしない貧乏人が落語に出てくるけれど、べつに悪くはない。でも、動物でも冬のために食べるものを蓄えたりするのでは？

　さて、人のことはどうでもよろしくて、僕は僕の進行で仕事をしている。このように自分の好きなように行動できるのが、作家という仕事の良い点だ。たとえば、これを書いている今は二〇二〇年の六月初旬だが、来年の自著の出版スケジュールは既にフィックスされていて、今年の後半で執筆する予定だ。いつもより少しタイトなのは、今年になって半年ほど、ほとんど仕事をせずに遊んでいたせいである。おかげで、このエッセィ本にウィルス騒動に関して書くことができた、というわけだ。

　仕事をするといっても、一日に多くても一時間か二時間、平均したら三十分程度になるので、サボっていても生活はあまり変わらない。毎日のように編集者からメールが来て、それに「了解」「よろしく」と短くリプライする。そのレベルまで仕事に含めれば、勤勉な作家稼業となるのか。たまに、イラストを描く仕事（「子供の科学」の連載や、講談社文庫の栞（しおり）など）があって、そちらの方がハードといえばハードだ。

「けっこう引退したなぁ」と感無量の毎日を送らせていただいている。仄（ほの）かに感謝。

87 電子書籍でシリーズ合本が売れているが、以前から期待していた形態である。

デビューまえに、小説や出版界の未来について想像したのだが、既にその当時でも、将来は電子書籍だろう、と誰もが考えていたはずだ。小説や出版に携（たずさ）わっている方はそうではなかったかもしれないけれど、少なくともコンピュータを使って仕事をしている界隈では、近い将来そうなる、と確信していた。九〇年代の半ばといえば、インターネットが既にあったし、今のスマホのようなハンディな端末も幾つか商品化されていた。今と違うのは、まだ光ファイバが普及していなかったことと、Apple は見向きもされず、IBM や NEC が幅を利かせていたくらいだ。二十五年まえのことである。

画像は容量を食うから、メモリィの問題で無理だが、文字だけのメディアは、もともとデジタルであるから、電子化されない道理がない。紙に印刷するなんて、エネルギィの無駄で環境破壊的なことが、二十一世紀に存続するとは、どうしても考えられなかった。

小説の印刷書籍には、箱に入った全集のようなものがあって、とても高価だ。文庫はもともと二百円程度だったのに、読者が減ったためか値段が上がっていた。印刷して製本して運んで並べて売っている。買ったら家の本棚に収納する。都会の人は場所がないし、通勤時間に読みたいだろうし、夜だって本が買いたいはずだ。一作読んだら、次が読みたくなる。ストーリィがつながっているシリーズものもあれば、五分で読み終わる短編もあり、サイズがまちまちなのに、書籍という単位になるのも不合理この上ない。

自分が書こうとしているものは、明らかにマイナだから、サイズを大きくして高く売った方が有利だけれど、本の場合、分厚くなるだけだ。では、分冊にしてシリーズとすれば良いけれど、そうなると途中で読むのをやめてしまう人が続出する。まとめてシリーズ全巻を箱に入れて売っても、値段を安く設定することは不可能らしい（と編集者が話していた。理由は本の流通システムにあるとか）。

電子書籍なら、短編のバラ売りも、シリーズのまとめ売りも自由だし、値段も自由に設定できるはずだ（取次を介さないから）。書店がセールを行っても良い。売れない作品はどんどん値下がりする。シリーズ合本は、合計値段の六割くらいに設定すれば良い。そうすれば途中で脱落する読者を取り込めて、むしろ利益が増加するはずだ。

編集者にも、そういう話をした。まだ自分はシリーズを完結させていない段階なので、探りを入れてみたのだ。当時は、「電子書籍は日本では普及しない」と関係者は断言していた。でも、シリーズを十巻で完結させたのは、僕としての電子書籍対応だった。

88

デビュー当時は、作家ごとの読み放題(サブスク)契約も考えていたけれど……。

デビューしてまもなく、ネット上にファン倶楽部が誕生した。ごく初期には、掲示板などで繰り広げられるファンの書き込みに応えるなど、積極的に参加をした。また、ファンからメールが来れば、そのすべてに対してリプライしていた。僕は、小説というものが模型や鉄道の趣味に比べて非常にマイナだと認識していたし、その中でも自分が書いているジャンルはさらにマイナであり、しかも森博嗣がそもそもマイナなのだから、少数のユーザを大事にしなければならない、と考えた。

こういったファン対応は、二〇〇八年くらいまで継続した。最後には、一日に四百通くらいメールが届くようになっていて、そのリプライに時間がかかったものだ。少々侮っていたかもしれないけれど、でも、そんな程度の数だったので、大きな見当違いをしていたわけでもないだろう。

ファン倶楽部は、名前と住所を登録するだけで、会費も入会費も無料である。会員数は一万七千人に迫っているけれど、そろそろ頭打ちだと思われる。出版する本は、この数よりは売れているから、もちろん読者が全員ファン倶楽部に入会したわけではない。そういうのが嫌だとか面倒だ、という方が多いことと想像する（僕自身がそうだ）。

ただ、一般的なファンサークルとして、この形態をビジネス的にもっと活用できないものか、ということを初めの頃には考えた。その一つは、会費を集め、会員には、森博嗣の著作をすべて読み放題にする、というサービスであり、最近流行りのサブスクに近い。ただ、僕の頭にあったのは、電子書籍であり、その当時はまだAmazonもなく、Kindleもない。電子書籍は、出版社も積極的ではなかった（それどころか反対する向きもあった）。作家でも、著名な方たちが「紙でなければ本ではない」とおっしゃっていた。

だから、サブスクを印刷書籍で行う方向でしか実現ができそうになかった。これは、ちょっと難しい。本はそもそも定価売りだし、送料もかかる。会員であるうちは、新刊が送られてくるわけだから、一年で出す本の合計額よりも会費を安く設定することになるけれど、事業としては大赤字だ。グッズなどの付加価値で高い会費を取るのには、僕は反対だった。そのうえ、僕自身がもう四十代で、リタイヤも近いと考えていたから、新しいビジネスには消極的だったこともある。編集者とも相談したのだが、結局は実現しなかった。今だったら、電子書籍を対象にして簡単に実現できるだろう。誰かもう始めているかもしれない。残念ながら、僕にはそんな生産力がないので、ありえない話となった。

89 森博嗣が時代劇を書いていることを、ご存知でしょうか？

時代劇というのは、どういうわけか、数百年からせいぜい千年くらいまえの日本を舞台にしたドラマのことを示す。縄文時代とか弥生時代のドラマは、時代劇といわないのだろうか。また、海外の映画で、ローマ時代を舞台にしたものが多いけれど、これも時代劇と呼ばれていないように観察される。アメリカには西部劇なるものがあって、僕が子供の頃に沢山見ることができたけれど、今では人種差別になるのか、まったく放映されない。

逆に、明治・大正時代のドラマも、どうも時代劇といわなそうだ。明治維新頃までがぎりぎり時代劇なのだ。ようするにサムライとかチャンバラが出てこないと駄目、という定義らしい。

『スカイ・クロラ』は、編集者が「飛行機ものを」と提案してきて書き始めたシリーズだったが、僕としては三巻くらいで終わらせて、次は時代劇を書こうかな、と考えていた。実際、担当編集者に、早い時期からその話をしている。でも、『スカイ・クロラ』が映画化されて、本が売れるようになったため、結果的にシリーズは倍の六巻となった。このため、時代劇シリーズは、予定より三年以上も遅れる結果となってしまった。

世間では、時代ものが流行り始めてきた。遅かったのか、遅れたのにまだ早すぎたのか、僕は真剣に観察していないけれど、五年間で五巻まで出たところでシリーズが終了してしまった。その後、実写の映画化の話が舞い込んだけれど、映画界も衰退の一途であり、実現しなかった。

僕は、時代劇をTVでしか見たことがない。映画も見たが、TV放映されたものを見ただけだ。小説は吉川英治の『宮本武蔵』だけ読んだ。この一作だけで、ほかは読んだことがない。漫画の時代劇も、思い当たるものがない。何が一番影響したかといえば、ブルース・リーの空手映画くらいではないか、と自分では思っている。

その『ヴォイド・シェイパ』シリーズは、五巻で終了したのだが、本当は倍の十巻を構想していた。売れないし、出版社も別のものを書いてほしいと依頼してきたため、そちらを執筆し、シリーズは全五巻となった。素晴らしいデザインのハードカバーは既に絶版となっているらしい。

来年（二〇二一年）、講談社からノベルス版で、このシリーズが復刻されることになった。出版不況の煽りでノベルス版が出ていなかったのだ。旧友山田章博が絵を描いてくれるというので、楽しみにしているが、〆切に間に合うか、と心配もしている。

90 森博嗣の真似などできないといわれるが、こちらもそちらの真似はできない。

特に新書を読まれた方の感想として、よく聞かれる。「これは森博嗣だからできたことであって、一般人には無理だ。参考にならない」といった書評である。

間違えないでもらいたいし、どの本にもたいてい書いていることだが、僕は「真似をしてほしい」なんて思っていない。「こうすれば成功します」とも書いていない。そこは誤解のないように。ただ、「参考にならない」というのは、ちょっと困ったな、と思う。

人間はそれぞれ能力も環境も異なっている。基本的に、誰かの真似をして生きているわけではない。誰も他者の真似なんてできない。そっくりに似せても違いがあるし、また、似せても違う生き方になるだろう。僕も、誰かの真似をして生きているわけではない。

それから、人生には成功も失敗もない。なにが成功で、なにが失敗なのか、どうやって判定するのか、誰もわからないはずだ。ただ、自分が死ぬときに、「うーん、まあまあだったかな」くらいに思う程度ではないだろうか。

それなのに、他者を見て、「あの人は成功者だ」と決めつけたり、「成功したから言えるんだ」と勝手に僻んだりする。それも悪くはないけれど、そんな暇があったら、もう少し自分自身をなんとか思う方向へ変えてみよう、と考えた方が健全だ、と僕は思う。「自分にはそれはできない」と苛立っても良いくらい当たり前だ。できないことなんて無数にある。できないことばかりだ、と言ってもしかたがない。「俺には真似できない」という人は、「俺は生きられない」と泣き続けるつもりなのだろうか。でも、それだって生きているのにはちがいない。生きていなかったら、「できない」とも感じないはずだ。

植物を見ていたって、生きていくための参考になる。生きていない石や地層を見ても、人生の参考になる。数学の解法だって、物理の法則だって、もちろん大昔の歴史だって、自分の人生に取り入れることができる。真似はできないかもしれないけれど、それを見て感じるものがある。音楽だってそうではないか。上手な歌や演奏を聴いて、「俺には真似ができない」とか「参考にならない」と拒絶するものだろうか？

政治は汚い、金は汚い、官僚は汚い、となんでも拒絶する人も多い。悪くはない。だが、あなたが毎日食べるものも汚いし、飲むものも汚い。見るものも、触れるものも汚いはずだ。調べてみればわかる。検査して見れば、必ず不純物が混ざっている。世の中は汚いのだ。それでも、ちょっとしたものが楽しく、美味しく、また愉快なときがある。なにもかも、生きていくために取り入れるしかない。森博嗣は拒絶しても良いけれどね。

91 雨の日も雪の日も嵐の日も、毎日二回の犬の散歩は欠かすことはできない。

僕はできるが、犬ができない、という意味である。大風の嵐でも、また吹雪(ふぶき)でも、出かけていくのだ。といっても、今住んでいる土地は、昼間に雨が降る日が非常に少ない。一年で、雨の中を散歩に出かけるのは、せいぜい三日か四日のことだ。台風はないし梅雨(つゆ)もない。冬の豪雪も五年か十年に一度くらいしかないみたいだ。雪は、一冬に三日くらいしか降らない(ただし、降ったら一カ月以上溶けない)。暴風はあるけれど、樹が揺れるだけで、折れて倒れるのに気をつけるくらいの影響しかない。

夜は、ぽつぽつと小雨がよく降っている。ざあざあとは降らない。霧雨みたいなものだ。僕は、傘を使わない。使う機会がほぼない。雨が降っているときは、犬にはレインコートを着せるが、自分は帽子を被り、そのうえにパーカとかのフードを被って出かける。僕が着ている上着は、夏も冬も例外なくフードがあるものだ。フードのないジャンパも持ってはいるけれど、普段は着ない。帽子とフードで、傘の代用になる。

夕立のような短い土砂降りは、気温が高くなるとたまにある。夏の夜が多い。こういう雨の場合は外に出ていかない。クルマに乗ることはあるから、ワイパはときどき使うけれど、今でもワイパのスイッチがどこにあるのか、ときどき探してしまう。これは、ヘッドライトも同様で、夜に運転しないから、トンネルなどでライトを点けるスイッチを探してしまう。ワイパやヘッドライトは、クルマによって位置がまちまちなのだ。

犬のレインコートにもフードがついている。彼らは「濡れた」と感じると、躰を素早くローリングさせてブルブルと水気を弾き飛ばす。このときに、レインコートが飛ばされないようなほどには、きちんと着せておく必要がある。たいてい、マジックテープなどで止めるようになっているけれど、長毛犬の場合は、毛が挟まってしまうので、着せるときに注意が必要。レインコートは雨避けというより、泥跳ね避けである。

長靴を履いてくれたら（帰ってきてからの処理が）楽なのだが、靴は犬が嫌がる。歩きにくいからだろう。雪道で滑らない靴下も試したことがあるけれど、帰ってきたら履いていないことがあって、探しにいって人間が転んだりするから諦めた。

六月から十月の五カ月間は樹が生い茂るので、雨が落ちてこなくなる。天然のドームだ。ただ、そのあと風が吹くと、雨が降っていないときでも水が落ちてくる。だから、夏は天気がよくわからなくなる。風があるのかどうかも、高いところの枝葉の揺れを見ないとわからない。そういうところに、僕たちと犬たちは住んでいる。

92

他者を意識しすぎる「わかってもらいたい」症候群は現代病なのか。

僕の本を読んだ人が、「救われた」と呟いていることがある。たとえば、『集中力はいらない』や『孤独の価値』などの新書である。「集中力がないと言われて悩んでいた」「孤独を感じて落ち込んでいた」ということらしい。この場合、作者として「少しでも力になれた」と喜ぶのが常識的なところだろう。読者の方も、本の内容を褒めるつもりで書かれているのだろう。

しかし、ここでもまた、僕は「ああ、そうなんですか」くらいの反応がせいぜいである。天邪鬼だといわれても、しかたがないかもしれない。僕の理屈を少し書こう。

集中力がないと悩んでいた人は、他者から「君は集中力が足りない」と言われていたから、自分には集中力がないと思い込んでいただけだ。孤独を感じて落ち込んでいた人も、周囲から阻害されている自分を感じていたり、仲間に入れてもらえないとか、みんなから辛く当られていると思うわけで、他者の自分に対する目を気にしている。それで、自分は駄目なのかと思い込んでいるのである。僕がほとんどの本で書いていることは、その種の他者評価を気にするな、人間は基本的に自分一人なのだ、自分の判断で自分勝手に生きれば良い、という方針である。だから、「そうか、他人の目を気にしないことにしよう」と思っていただければ、それで良い。少し役に立ったことになる。でも僕は、人の役に立つことを嬉しいとは感じない。僕を嬉しくさせてくれるのは、僕だけだからだ。

一方、「救われた」と感じることに、少々引っかかる。結局、本に書いてあったこと、つまり作家の先生もおっしゃっていること、という意味だから、これもまた「他者の影響」であり、自分を蔑ろにしていた人たちに向けて「ほら、まちがっていなかったんだよ」と言ってやりたい。そこもまた、「他者への依存」なのだ。結局のところ、そう考えてしまううちは、救われていない。他者に「救われる」のではなく、自分で自分を救おうとしないかぎり、本当の意味で解放され、自由になれないのではないか。

人間の弱さというのは、誰かに「わかってもらいたい」という欲望があること。この気持ちがそもそも他者に向いている。自分の気持ちをわかってもらいたい。自分の辛さをわかってもらいたい。自分の努力、自分の我慢、自分のやりたいことをわかってもらいたい。どうしても、そう考える。若者ほど、そうだろう。子供はもちろん、こうである。

しかし、わかってくれるのは自分だ、自分だけだ、ということに早く気づくことで、以後の人生が生きやすくなるだろう。他者ではなく、もっと自分と向き合おう。

93 「眠い」「だるい」「やる気が出ない」は、ごく普通の状態です。

「絶好調」が普通ではない、ということ。平均は、「どこかちょっと不健康」くらいだろう。スポーツ界のアスリートたちだって、不調なときがある。コンディションを整え、勝負のときに備えているのは、逆に見れば、普段は不調だということである。

周囲のみんなが元気で健康に見える。自分だけが、どうしてこんなに不調なのか、と悩んでいる人が多い。そういう僕も、ずうっと不調だ。調子の良いときなどない。朝起きたら、いつもどこか痛い。頭がぼんやりしている。若いときからそうだった。食欲はないし、お腹の調子は悪い。口内炎はあるし、面皰もある。怪我が絶えない。小さな傷がいつも一つはある。疲れが取れたことなどない。力を出したら、あとあと痛くなる。近くのものは見えないし、握力も人並みではない。目眩はしょっちゅうで、すぐに横になりたくなる。二時間も食事につき合えない。人と一緒に行動できない。疲れてしまうのだ。

若い頃は、とにかく自分は虚弱だと考えていた。でも、これは解決する問題ではない。薬を飲めば、余計に気持ち悪くなるばかり。子供の頃から医者に何度か通ったけれど、なにも改善しなかった。

　それでも、騙し騙し生きてきたし、多少でも調子が良いときを狙って、できることをする。座ったまま考えることならできるし、キーボードを打つ作業なら、けっこう長く続けられた。そういう具合に生きてきた。大好きな工作も休み休みだし、肉体労働には憧れもあって、瞬発的に頑張ることができる（十分か二十分で離脱するが）。

　疲れが残っていても気にしないことにした。それが普通だと思えば良い。どこか痛くても薬を飲まない。例外はバンドエイドと痒み止めくらいだ。医者にも行かず、薬も飲まなくなって四十年になる。ずうっと不調だが、悪くなることは、どうにか避けられている。これが自分の生き方、つまり「健康」なんだな、と理解するしかない。

「不眠」に悩んだこともあったけれど、ようするに明日大事な仕事がある、というストレスから生じるものだった。そういうスケジュールを入れない。いつだって良い。明日が駄目ならまたその次に、という余裕を持たせることで、ストレスが消えた。勤めを辞めたら、肩こりも頭痛もなくなった。他者と約束したり、歩調を合わせるストレスから解放されたからだろう。寝なくても良い、と思うと、ぐっすり寝られるのである。

　そういった不調に悩んでいる人は、参考にしてもらいたい。不調だと思わず、それが自分の「健康」だ、と考えること。他者と比較しないことが一番大事だ、と思う。

94

学校を九月始まりにする絶好のチャンスを逃しちゃったね。

そう簡単にはいかないってこと。なにしろ役所関係は腰がタングステンほど重い。当事者は必ず反対する。新しい道路を通そうとしても、住民が反対して転居しないのと同じ。人間は「こうするつもりだった」ができなくなると頭に血が上る。僕も、だいぶまえから考えておかないと新しいことができない。だからさきのことを考えるようになった。

九月から始めるようにしたら、教育環境は良くなったと思う。留学もしやすいし、入学試験をあんな寒い季節にしなくても良い。そもそも、年と年度がズレていることに、誰も違和感を感じないのだろうか。まあ、それくらい、許してしまえるのが人間なのか。

急にずらすと大変だから、一カ月ずつずらして、六年かけて九月始まりにする案も出た。森博嗣が書きそうなグッドアイデアじゃないか、と僕は思った。それでも、やはり「動きたくない」「恙無く過ごしたい」という勢力を押しきれなかった。

オリンピックも、うーん、どうしてやらないといけないのだろう、と僕は正直思う。これを機にやめたら良かったのに。もちろん、やれない可能性もまだ高いわけだけれど。

それにしても、いろいろなものがウィルス騒動のせいにできたから、胸を撫で下ろしている人たちがいるのではないだろうか。経済対策もどうせ失敗だったたし、多くの潰れそうだった会社も言い訳ができたたし。そういう不謹慎なことは、誰も発言しないし。

大学を九月始まりにしようという話は、二十年くらいまえに議論した記憶がある。大学の先生たちは、みんな賛成していた。どう考えたって、その方が合理的だからだ。ただ、半年のブランクが一度生じる。私学は入学金が半年遅れて、大赤字になる。その間、先生たちに「自粛していて下さい」と無給にすれば一挙に解決だけれど、そうはいかない。国立は、大学だけならなんとかなったと思うが、どちらにしても金は余分にかかる。先生たちには半年間の休暇にしてもらって、留学なりさせれば良かったわけだが、なかなかそうもいかないのかな。皆さん、生活があるし、「こうするつもりだった」があるし。

「桜の季節に入学式がないなんて日本らしくない」という感傷的な意見もなかったわけではない。僕は、それ以前に、「式なんか全部やめたら？」と言いたかった。

ウィルス騒動で、子供の卒業式に出られないと親の嘆きの声をマスコミが伝えていた。その種の「感動」を煽っているのがマスコミの商売である。その商売を見直した方がよろしい。煽られた風潮に、大勢の皆さんが乗せられすぎていたのだ。僕は、自粛や新しい生活様式に、「とても良いことですね」と笑顔、である。是非、定着してもらいたい。

95

なんでも、個人の自由です。ただ、みんなでやらないでほしい、というだけ。

「式をやめてほしい」というのは、もう少しだけ補足すると、「僕を巻き込まないで」という意味である。それぞれ、やりたい人だけでやったら良い。「みんなでつるもう」と強制しないでもらいたい。

子供の卒業式に綺麗な服を着せて、ビデオを撮りたい、というのは、趣味としてなら悪くないと思う。ペットで同じことをやる人もいるし、ぬいぐるみを持ち歩いてコスプレさせたり写真を撮りまくっている人もいる。それと同じだ。ただ、子供にはペットやぬいぐるみにはない人権というものがある分、全面的に「親の勝手」ではない。

そういう家に育つと、式をやってもらうのが当然、という大人が再生される。それもどうかと思う。やりたくない人がいること、疎(うと)ましく感じている人がいることを、疑いもしない人間が出来上がる。なんでも全員参加が望ましい、と思い込んでいるのが危ない。

そういった思い込みが、社会の中で少数派を馬鹿にし、笑うようになる。あらゆるハラスメントが、この「全員参加が当たり前」の観念から生まれているのだ。

最近話題になっている人種差別も類似の構造で、メジャな立場にいる人たちは気づかない。自分たちはむしろ愛情を注いでいる、可愛がってやっている、とさえ錯覚している。よく考えてもらいたいが、昔からあったものではない。式典の多くは、最近生まれ、最近になるほどデコレーションが増え、大規模化した。子供の式に親が参加することも、かつてはなかった。なくても済んでいたものが、どんどん肥大化して、それが当たり前のようになってしまったのだ。そうすることで儲かる商売があるためである。

繰り返すけれど、こういったものが好きな人を非難しているのではない。好きな人はやれば良い。だが、全員でやろう、当たり前だ、やらないのは異常だ、と考えないでもらいたい。そこを書いているのである。

特に最近は、ちょっとした個人的残念を見つけると、それをネットへアップして、みんなで「こんなこと見過ごせないよね？」と声を上げる。「数」を集めて力にしようとする。「そのくらい良いじゃん？」という余裕もない。ある意味で「全体主義」に近い。個人を尊重しない危険さがある。大勢に与(くみ)する人は、常にそれに気をつけてほしい。

若者たちを戦争へ送り出したときも、それが当たり前だ、とみんなが思い込んでいたのだろう。多数決だからしかたがないにしても、「私は行かせたくない。行かせたい人だけでやってほしい」と不平も言えない社会だった。全体主義とは、そういうものだ。

96

「みんながその時代、その環境を懸命に生きていた」って当たり前でしょう？

誰でも自分の人生を懸命に生きていることを描きたい、というような言葉をたびたび耳にする。これはフィクションであれノンフィクションであれ、人や社会を取り上げるときに語られる目的の一つである。そうだな、と納得しそうな理屈であるけれど、考えてみたら、遊んでいる人だって、病気の人だって、誰かを裏切った人も、なにかから逃げ出した人も、自分の人生を生きているにはちがいないし、命を持っているかぎり、例外なく命がけではないだろうか。真剣さや努力が足りないという意味かもしれないが、真剣でない、努力不足だと誰が判定するのか。本人としては、精一杯かもしれないし、自分のことなんだから、いちおう考えて、良かれと思う方をそのつど選択しているはずだ。

そうではなく、外部から見たときに「懸命そうだな」と見えるものが取り上げられているにすぎない。あるいは、みんなが「懸命で凄いな」と感動しそうなものが題材に選ばれるだけだ。そうすれば、それを選んだ人間が褒め称えられるからである。

綺麗な言葉にしたがるな、というのが僕の感想。言葉は、汚いよりは綺麗な方が良い。言葉だけではない、なんだって綺麗な方が好まれる。ただ、だからといって綺麗なものしかないわけではない、という点を忘れてしまうと、その綺麗さが台無しになる。

自分の目で見たものを素直に記憶し、自分の頭で評価する。言葉に惑わされないように気をつけていないと、客観的な評価ができない。事前に体験した印象に引きずられることもある。その印象も多くは言葉だ。「動物」↓「可愛い」、「自然」↓「美しい」といった具合で、よく見定めないうちから、「可愛い」「綺麗」と口から言葉が出てしまう。反応しているだけで、評価や判断、あるいは思考がスキップされているのだ。

当然ながら、どんな分野にも天才的な働きをした人がいて、その人たちの業績が称えられる。そういう場合に「懸命に生きた」という点を強調し、苦労の度合いがクローズアップされる。しかし、多くは「発想」に天才性があったわけで、「努力」は誰にでもできたことだった。同様に、懸命に生きることも誰にでもできる。集中して働くか、適当なペースで働くかといった程度の差しかない。

リーダシップを発揮し、大勢を導いた人であっても、その人間性によるものか、それとも単なる強引さによるものか、あとから振り返っても判別ができない。差別の象徴だからと、各国で銅像が倒されていたけれど、昔はどこでもたいてい階級社会だった。日本の戦国大名だって世襲制だ。世襲制は差別ではない、といえるのだろうか？

97 常識がもたらす無意味な規制を破壊することが、ブレイクスルーである。

どんな分野にも、新たな発想による障害突破が試みられ、飛躍的な成功を導くことがある。それは、どんな社会にも、知らない間に積もり積もった「常識」あるいは「慣例」という障害物が、コレステロールのように道を塞いでいるからだ。

状況を客観的に捉える人には、その障害が見える。しかし、毎日そこを通っている大勢は、道が狭くなっていて、通りにくくなっていることを気にしない。「ここは、こうやって、肩を竦めて、躰を横向きにして通るんだよ」と教え合い、それで解決したと思い込んでいる。その不合理さを腹立たしいとは思わない。不合理に気づかない、ともいえる。

たとえば、最近登場した電気自動車。エンジンの代わりにモータがタイヤを駆動している。そもそもエンジンがあるから、車にはボンネットがあり、あの形になったのだ。ボンネットを開けたら、そこに大きなモータが収まっている、と考えているのだろうか。そんなものは見当たらない。モータはもっと小さいし、それぞれのタイヤの近くにあれば良い。四輪駆動なら四つモータがあれば、変速や逆転のためのギアも、回転を伝えるシャフトもいらない。すると、電気自動車は、エンジン車と同じような形をしている必要もなくなる。何故、相変わらず同じ形状なのだろうか？

僕は、十八歳で運転免許を取得して、最初のクルマにホンダのシビックを選んだ。この車は前輪駆動だった。しかも、エンジンが横向きに設置されていて、非常に珍しい存在だった。エンジンは後輪を駆動する。そのため前のエンジンから回転をシャフトで後方へ伝える。だからエンジンが縦置きだった。しかし、エンジンが前にあれば前が重くなる。後輪が駆動する場合、後ろに重心を近づけたい。そうなると、後部に荷物室をつける形になる。それがセダンと呼ばれる自動車の標準的な形だった。

シビックは、前にエンジンを横向きに載せて、前輪を駆動するから、リアのトランクルームがない形になった。これは、イギリスのミニのデザインを真似たものだ。

僕のクルマを、みんなは「ライトバンみたいな変な形」と笑ったけれど、その後、あっという間に、日本車のほとんどが前輪駆動になり、セダンよりもハッチバックが多数となった。この頃では、セダンのことを「タクシーみたい」と言う人もいる。

ブレイクスルーは、必然的に起こる。見える人が見えたとおりに問題を解決する。ただ、周囲がなかなか賛成しない。人間は「思い込み」に支配され、無意識のうちに「拘って」いるからだ。ブレイクする対象は、凝り固まった大勢の頭なのである。

98

マニアがジャンルを滅ぼすのは、そのジャンルで強固な常識を作るから。

ブレイクスルーが新しい価値を見出すために破壊する常識とは、あるジャンルで形成された一種の伝統的な成功パターンである。そもそもそのジャンルが誕生したのも、その成功が発端(ほったん)だった。価値が生まれると、そこに大勢が集まる。サポータ的なマニアが、このジャンルを押し上げるのだが、集結するほど防衛的になり排他的にもなる。なによりも、「成功者」を崇拝し、自分たちのジャンルを守ろうとする。

何が良かったのか、とマニアは分析する。そのうちに、そういった条件に合致しているかどうかで、参入するものを審査する。人が集まっているため、当然ながら大勢の参入がある。そういった新参入でジャンルが薄まってしまわないか、とマニアは恐れる。自分たちが酔いしれたのは、「元祖」であり、自分たちが認めるものは、それに従ったものでなければならない。審査コードが出来上がってくると、ジャンルに合致するものにレッテルを貼る。そうでないものは、「それは違う」と追い返すようになる。そののち、やがて時間が経つにつれて、そのジャンルは一定の市民権を得るだろう。

「伝統」となる。認められたものは「正統」と見なされ、「亜流」は別のジャンルへ流れるか、新たなジャンルを形成するまで力を蓄えるしかない。

マニアというのは、最初は理解者を増やしたいと考える。この合力によってジャンルは発展を遂げる。そもそも新しく優れた要素があったから、そのジャンルが形成されるわけで、マニアは自分たちがパイオニアだという自負を持っている。仲間を増やすことで、啓蒙ができるし、自分たちが育てたジャンルだ、といった満足感も得られる。

しかし、人数が増えると、異分子が目につくようになり、またマニア内にも自然に上下関係ができ、どの層においても気に入らない部分を他層に発見するようになる。これが、ジャンルの純粋性を保持しようという勢力を形成し、排他的な姿勢の発現を導く。

新しさによって作られたのに、新しさを拒むようになる。膨張傾向は止まり、縮小に転ずる。ジャンルに参入できなかったもののうちから、新たな勢力が生まれ、人を集めて、別のジャンルを形成すると、部分的にそちらへ流れる人も出てくるだろう。いつしか、元のジャンルではなにも産み出されなくなる。古い生産品を回顧する以外に活動はなくなり、収縮の速度は加速する。

人間社会の人の集積と分散が、こんなメカニズムで繰り返されている。正しいものがいつまでも正しいわけではない。好きなものをいつまでも好きではいられないのだ。

99 こんな大きな犬と一緒に生活することになるとは思っていなかった。

僕が担当している犬は、これを書いている今、二歳半だ。シェルティの雄で、色は茶色と白である。シェルティは九キロくらいが標準で、大きめの子でも十二キロくらいだ。しかし、どういうわけか、僕がご飯をやりすぎたわけでもないのに、現在二十三キロもある。超特大のシェルティになってしまった。近所のゴールデンレトリーバやアイリッシュセッタがときどき遊びにくるけれど、見た目の大きさはほぼ同じである。シェルティは毛が長いので、膨らんで余計に大きく見えるのだ。

ドライブに出かけるときは、いつも助手席に座っている（犬用ベルト装着）。彼を置いていくことはまずない。また、夜は僕のベッドの脇で寝ている。僕が寝返りを打ったりして、ベッドの端へ行くと、スペースが開いた隙をついて、ベッドに飛び乗り、即座に仰向けになる。こうなったら、押したくらいでは動かない。

だいたい、抱っこをすることが難しい。日頃重い機関車を持ち上げているけれど、犬は機関車よりも持ちにくい。だらーんと変形するし、取手もない。抱っこができないということは、本人に移動してもらうしかなく、水溜り（みずたま）を避けろとか、その場所で方向転換するなとか、クルマの乗り降りとか、すべて仕込む必要があった。

幸い、非常に賢い。空間把握力に優れていて、家の外を移動する物体を追って、家の反対側の窓へ先回りする。別の経路を通って待ち伏せができる。二階を見上げたのち、離れた階段まで後退してから登ってくる。これまでの犬にはできなかったことだ。

大きいわりに食が細い。床や地面に落ちたものを食べないし、他所（よそ）の人からお菓子をもらわない。遊んでいるときは、お菓子につられない。食べるのも遅いから、ほかの犬が見にくるが、そうすると簡単に譲ったりするので、ちゃんと見張っていなければならない。

今のところ、どこかに預けたことは一度もない。サロンにも行かず、シャンプーは僕が担当している。幸運にも病気になったことはなく、医者には予防接種のときだけしか行っていないが、医者も「同じ犬ですか？」と二回もきいた。

うちにいる犬の中では、一番吠えない。もの静かである。大きいだけあって、どっしりしているのか、というと、そんなことはなく、家中をあちらこちらへ走り回っていて、カーブでは遠心力で壁にぶつかり、止まるときも足を逆転させ、アニメのようにブレーキをかける。しかし、庭園内を走るときは、まるで仔馬のように優雅だ。庭の端まで行くのも彼だけで、縄張りは広そうである。「何をしてるの？」と声をかけることが多い。

100 「言いたいことも書きたいこともない」と正直に書ける人でいたい。

特に書きたいことがあって書いているわけではない。また、他者に言いたいことも、僕はそもそもない。僕は、人とあまり話をしない。自分のことで聞いてもらいたい、と思ったこともないし、そういう欲求というのか、願望を持っていない。

では、何故書くのか。もちろん、作家という仕事をしているからだ。工事現場で働く人は、穴が掘りたいから地面にシャベルを突きつけているのではないだろう。それと同じである。作家ならば「書かずにはおれない」といった心の叫びがあるはずだ、と思い込んでいる読者が多いようだ。「穴を掘らずにおれない」労働者もいるかもしれないが。奇を衒(てら)っているのでもない。正直に、ありのままに書いているだけだ。正直に書くことが一番楽だし、装わずに書いていれば、結果的に首尾一貫するのが普通である。それでも、多くの人は自分の思い込みで世界を見ようとするから、きっとこうなのだろう、と勝手に想像しがちだ。それを非難するつもりもないし、非難したこともない。「違いますけどね」と書くことはあるが。

発信する人たちは、爆発するほどの芸術への衝動を抑えきれないように表現したりする。そういう人もいるとは思う。だが実際には、ものを作り出す人に必要不可欠なのは「冷静さ」だろう。何故なら、大勢を相手にするものほど、自分の創作が他者にどう受け止められるのかを計算する必要があるからだ。そのとき、自身の瞬発的な感情の昂りは、客観的分析の障害でしかない。世界に名を轟かせた一流の芸術家ほど、この冷静さを人一倍持っていた、と例外なく観測できる。ただ、その計算や冷静さを隠しているだけだ。その方が天才に相応しい。少なくとも、大衆が思い描いている天才像に近い。

芸術家だけではない。事業に成功した人、政治で成功した人も、目標への弛まぬ情熱で語られる。芸術家よりもさらに大勢に認められる必要があるので、天才性は少し和らげられる。とりあえず現役のときは、株主や有権者に非難されない程度には、常識的に演出されるからだ。だが、引退後には尽く、極端なエピソードが伝えられる。

メジャなカリスマやリーダは、正直ではいられない。役者のように振る舞わなければならない。アイドルのごとく禁欲的で、なによりも自分がしたいことが明確で、子供の頃からの夢だった、そのために命を捧げなければならない。

失言やスキャンダルがつき纏うのも、素ではない顔を見せている反動だろう。そのストレスはいかばかりか、と思いやる。僕にはとうてい務まらない境地である。

ツイートよりもスイートな、このクリームは「森・森」食べられる

清涼院流水（作家・英訳者）

本書『ツベルクリンムーチョ』は、２０１３年以降、毎年12月に講談社文庫から発売されている森博嗣氏のエッセィ・シリーズの第9弾となります。シリーズ第1作『つぶやきのクリーム』の文庫版が出たのは２０１２年9月ですが、その親本（オリジナルとなる文庫より大きなサイズのソフトカバー単行本は、２０１１年9月に刊行されました。最初の単行本もカウントすると、２０２０年はシリーズ刊行開始から10年目、本書を節目の10作目と見ることもできます（文庫版のみで考えれば、２０２１年12月に出るはずの本が10作品となります）。

森氏の著作は、１９９６年のデビューから現在まで四半世紀のあいだ一貫して、小説でもエッセィでもインパクトのあるタイトルが多いですが、このエッセィ・シリーズがとりわけユニークなのは、各巻のタイトルが「つ〇〇〇〇〇ー〇」のフォーマットに従っていることです。森氏は本書のまえがきで『つ』で始まる題名シリーズ」と書か

れていますが、最初を「つ」にするだけでなく、最後から2文字目の長音符号（ー）も統一させるあたり、森氏一流のひねりが効いています。ちなみに、第6作『つぶさにミルフィーユ』と本書『ツベルクリンムーチョ』の2作は小文字ひとつぶんだけ字余りとなっていますが、おそらく小文字はノーカウントというルールなのでしょうし、「なにものにもこだわらない」のがモットーの森氏ですので、そんな些細なことは気にもされていないはずです。

第1作『つぶやきのクリーム』の刊行時に添えられた英語タイトル『The cream of the notes』は、その後、シリーズ全作品の共通英語タイトルとなっています。この英語タイトルをシリーズ名と考えることもできますし、森氏のウェブサイトの予定表に記載されている「クリームシリーズ」が、いちばんシンプルで呼びやすいでしょう。クリームといえば、一般的には、甘党の方たちが大好きなあの白い物質ですが、英単語creamには「選び抜かれたもの」という意味もあります。また、英単語notesは「思いつきを書き留めたメモ」ですから、シリーズ英語タイトルのThe cream of the notesは、「思いつきを書き留めたメモから選び抜かれたもの」という意味に解釈できます。内容にマッチしていますが、メモという意味以上に、第1作のタイトルにもなっている「つぶやき」というニュアンスが大きいように感じられます。

森氏が「つぶやき」をテーマとしたこのエッセイ・シリーズを２０１１年から始められたのは、２００９年ごろから日本でも本格的に流行り始めたツイッターの存在が無関係ではないでしょう。決められた文字数以内でユーザーが投稿する短文は「ツイート」と呼ばれます。英単語tweetは本来、「小鳥のさえずり」の意味ですが、それが日本に導入される際に「つぶやき」と見事に訳されたことも、普及した理由でしょう。その点は、フェイスブックの投稿に気に入った意思を示すLikeのボタンが日本語では「いいね！」と訳されて、爆発的に広まったのにも共通しています。フェイスブックの流行はツイッターの数年後でしたが、流行る順番が逆であれば、森氏のエッセイは「いいねのクリーム『The cream of the likes』シリーズとなっていたかもしれません。

今や世界中の多くの人がツイッターで毎日たくさんの「つぶやき」を気軽に発信し続けていますが、それだけ無数に氾濫しているからこそ、多くの人にとって価値のある「つぶやき」でなければ注目は集められません。たとえば、フォロワーの少ない一般人が「今日、おいしいアイスクリームを食べました」とツイートするだけでは、その方の周囲の人以外は、だれも見向きもしないでしょう。もちろん、フォロワーの母集団が大きい著名人であれば、まったく同じツイートをしたとしても、反応する人は多くなります。ですが、真に価値ある（インパクトがあり拡散されやすい）「つぶやき」とは、だれが言ったかよりも、やはり、その語られている内容に、なによりも重きがあると感じられます。著名人のツイートであってもスルーされるものは多くあり、逆に、無名に近い一般人の「つぶやき」でも、社会の大多数に訴え、考えさせるメッセージであれば、「バズる」（爆発的に拡散される）ことがよくあるからです。森氏も、それを熟知していますから、みずからの知名度を過信せず（むしろ過小評価して）、「つぶやき」の質を高めることに妥協せず、強く意識されている様子が窺えます。たとえば、第1作のまえがきでは、価値の大半は「つぶやき」にあるが思いつくのが難しく、「つぶやき」さえ決まれば本文を書くことは難しくない——といったことが書かれていました。

先述した通り「なにものにもこだわらない」森氏が例外的にこだわっているのは、作品の耐久度を高めるために、「具体的なことはできるだけ書かずに抽象化する」という一貫した創作姿勢です。このシリーズに限らず、具体的ではなく抽象的なことこそを重視するスタンスが成功しているのは、森氏の作品にロングセラーが非常に多い事実で証明されています。時事ネタは極力避けるべきものだと森氏は第1作から明言されており、実際、『つぶやきのクリーム』は2011年に発表されているにもかかわらず、その年に発生した東日本大震災のことが、ほとんど書かれていません。そんな森氏が本書では例外的に、新型コロナウイルス（COVID－19）についての話を幾度も書かれています。コロナ禍は本年だけの単なる時事ネタではなく、今後の世界にも恒久的な影響を及ぼす、という理由も触れられています。森氏が現在進行中の（コロナ関連の）事象について幾度もコメントしているという点でも、本書はシリーズ作の中で特別な意味が生じたと言えるでしょう。

よく練られた「つぶやき」を１００個も取りそろえることは容易ではありませんが、森氏はその離れわざを毎年続けて、今回が９作目。しかも、最初の５年間は、実は、大和書房でも、まったく同じ趣向のエッセイ・シリーズを続けていたのですから、本書の時点で、この「つぶやき」エッセイは既に１４００個も書かれていることになります。次回作ではクリームシリーズだけで１０００個の大台に乗るわけで、これは大変な数です。ここまで「つぶやき」を極められた森氏には、もはや「キング・オブ・つぶやき」の称号が授与されるべきですが（最初に浮かんだ「つぶやキング」を名乗る方は既に何人かいらっしゃいました）、おそらく「要りません」と辞退されるでしょうから、別の形で顕彰されることを期待します。

ところで、森氏の文庫作品は、毎回、多彩な顔ぶれが解説を寄稿されていることも印象的です。中でもこのシリーズは、ひとりの方が毎回２冊ずつ解説を担当する、というユニークな特色がありました。最初の２冊は、人気アイドルとして活躍されていたころの

(現在は引退された)嗣永桃子(つぐながももこ)さん。次の2冊は、森氏と対談されたこともあるユーモアの達人・土屋賢二(つちやけんじ)さん。その次の人気漫画家・羽海野(うみの)チカさんも当初は2冊解説を書かれるはずだったようですが、あまりにも多忙すぎて2冊は無理だった、と森氏から伺いました。その代わりに、6作目から8作目を異例の3回担当されたのが、森氏と羽海野さんの共通の友人でもある人気作家・吉本(よしもと)ばななさん。そして、筆者(清涼院流水)は今回と次回の解説を仰せつかっています。森氏の本に解説を書かせていただくのは、実に12年ぶり2回目のことです(前回は、Gシリーズ2作目の『θ(シータ)は遊んでくれたよ』でした)。

　筆者の「清涼院流水」という名前は、クリームシリーズでは本書も含めて何度も出てきますが、正直、「この変な文字列、なに？　人間なの？　液体？」などと思われた方も多いのではないでしょうか。そんな読者の当惑もあらかじめ予想してか、森氏は本書で「メフィスト賞」の項目まで用意されています。メフィスト賞というのは、森氏の登場で創設された小説新人賞で、なにを隠そう(隠していませんが)、筆者は森氏に次ぐ第2回の受賞者なので、決して、あやしい者ではありません(でも、自分を「あやしくない」と名乗る者ほど「あやしい」のはお約束だし、そもそも「メフィスト賞」という名前自体があやしいかも……)。

本書の中でも言及される、森氏と筆者をデビューさせてくれた伝説的な編集長の宇山(うやま)氏は2006年に逝去され、森氏の初代担当編集者・唐木(からき)氏は2020年に講談社を早期退職されました。唐木氏が去った今、森博嗣氏という日本の出版史に特筆されるべき巨星をもっとも長く、もっとも身近で見続けてきた出版関係者が筆者であることはおそらく間違いないので、森氏という歴史的重要人物について、今後は今まで以上に、できるだけ正確に読者にお伝えしないといけない責任は、いつも感じています。森氏の人なりや作品については、語り始めたら永遠に続けられるのですが、紙幅(しふく)の都合もありますので、今年はこのあたりで終わらせていただこうと思います。コロナ禍が示した通り、「なにが起きてもおかしくない」この世の中だからこそ、森氏も筆者もあなたも元気で、2021年12月にまた、この場所で再会できることを今から楽しみに期待しています。この拙(つたな)い文章を最後までお読みいただき、ありがとうございました。あなたの日々が平穏無事でありますように、衷心(ちゅうしん)より、お祈り申し上げます。

森博嗣著作リスト

（二〇二〇年十二月現在、講談社刊。＊は講談社文庫に収録予定）

◎S&Mシリーズ

すべてがFになる／冷たい密室と博士たち／笑わない数学者／詩的私的ジャック／封印再度／幻惑の死と使途／夏のレプリカ／今はもうない／数奇にして模型／有限と微小のパン

◎Vシリーズ

黒猫の三角／人形式モナリザ／月は幽咽のデバイス／夢・出逢い・魔性／魔剣天翔／恋恋蓮歩の演習／六人の超音波科学者／捩れ屋敷の利鈍／朽ちる散る落ちる／赤緑黒白

◎四季シリーズ

四季　春／四季　夏／四季　秋／四季　冬

◎Gシリーズ

φ（ファイ）は壊れたね／θ（シータ）は遊んでくれたよ／τ（タウ）になるまで待って／ε（イプシロン）に誓って／λ（ラムダ）に歯がない／

ηなのに夢のよう／目薬αで殺菌します／ジグβは神ですか／キウイγは時計仕掛け／χの悲劇／ψの悲劇（＊）

◎Xシリーズ

イナイ×イナイ／キラレ×キラレ／タカイ×タカイ／ムカシ×ムカシ／サイタ×サイタ／ダマシ×ダマシ

◎百年シリーズ

女王の百年密室／迷宮百年の睡魔／赤目姫の潮解

◎ヴォイド・シェイパシリーズ

ヴォイド・シェイパ（二〇二一年一月刊行予定）／ブラッド・スクーパ（二〇二一年三月刊行予定）／スカル・ブレーカ（二〇二一年五月刊行予定）／フォグ・ハイダ（二〇二一年七月刊行予定）／マインド・クァンチャ（二〇二一年九月刊行予定）

◎Wシリーズ（すべて講談社タイガ）

彼女は一人で歩くのか？／魔法の色を知っているか？／風は青海を渡るのか？／デボラ、眠っているのか？／私たちは生きているのか？／青白く輝く月を見たか？／ペガサスの解は虚栄か？／血か、死か、無か？／天空の矢はどこへ？／人間のように泣いたのか？

◎WWシリーズ（講談社タイガ）

それでもデミアンは一人なのか？／神はいつ問われるのか？／キャサリンはどのように子供を産んだのか？／幽霊を創出したのは誰か？／君たちは絶滅危惧種なのか？（二〇二一年四月刊行予定）

◎短編集

まどろみ消去／地球儀のスライス／今夜はパラシュート博物館へ／虚空の逆マトリクス／レタス・フライ／僕は秋子に借りがある　森博嗣自選短編集／どちらかが魔女　森博嗣シリーズ短編集

◎シリーズ外の小説

そして二人だけになった／探偵伯爵と僕／奥様はネットワーカ／カクレカラクリ／ゾラ・

一撃・さようなら／銀河不動産の超越／喜嶋先生の静かな世界／トーマの心臓／実験的経験／馬鹿と嘘の弓（＊）

◎**クリームシリーズ**（エッセイ）

つぶやきのクリーム／つぼやきのテリーヌ／つぼねのカトリーヌ／ツンドラモンスーン／つぼみ茸ムース／つぶさにミルフィーユ／月夜のサラサーテ／つんつんブラザーズ／**ツベルクリンムーチョ**（本書）

◎**その他**

森博嗣のミステリィ工作室／100人の森博嗣／アイソパラメトリック／悪戯王子と猫の物語（ささきすばる氏との共著）／悠悠おもちゃライフ／人間は考えるFになる（土屋賢二氏との共著）／君の夢　僕の思考／議論の余地しかない／的を射る言葉／森博嗣の半熟セミナ　博士、質問があります！／DOG&DOLL／TRUCK&TROLL／森籠もりの日々／森には森の風が吹く（＊）／森遊びの日々／森語りの日々／森心地の日々／森メトリィの日々

☆詳しくは、ホームページ「森博嗣の浮遊工作室」を参照
(https://www.ne.jp/asahi/beat/non/mori/)
（２０２０年11月より、ＵＲＬが新しくなりました）

本書は文庫書下ろしです。

|著者| 森 博嗣　作家、工学博士。1957年12月生まれ。名古屋大学工学部助教授として勤務するかたわら、1996年に『すべてがFになる』（講談社）で第１回メフィスト賞を受賞しデビュー。以後、続々と作品を発表し、人気を博している。小説に『スカイ・クロラ』シリーズ、『ヴォイド・シェイパ』シリーズ（ともに中央公論新社）、『相田家のグッドバイ』（幻冬舎）、『喜嶋先生の静かな世界』（講談社）など、小説のほかに、『自由をつくる 自在に生きる』（集英社新書）、『孤独の価値』（幻冬舎新書）などの多数の著作がある。2010年には、Amazon.co.jpの10周年記念で殿堂入り著者に選ばれた。ホームページは、「森博嗣の浮遊工作室」(https://www.ne.jp/asahi/beat/non/mori/)。

ツベルクリンムーチョ　The cream of the notes 9

森 博嗣（もり ひろし）

講談社文庫
定価はカバーに
表示してあります

2020年12月15日第１刷発行

発行者――渡瀬昌彦
発行所――株式会社　講談社
東京都文京区音羽2-12-21　〒112-8001
電話　出版（03）5395-3510
　　　販売（03）5395-5817
　　　業務（03）5395-3615

Printed in Japan

デザイン―菊地信義
本文データ制作―講談社デジタル製作
印刷―――豊国印刷株式会社
製本―――株式会社国宝社

ISBN978-4-06-521084-0

講談社文庫刊行の辞

二十一世紀の到来を目睫に望みながら、われわれはいま、人類史上かつて例を見ない巨大な転換期をむかえようとしている。

世界も、日本も、激動の予兆に対する期待とおののきを内に蔵して、未知の時代に歩み入ろうとしている。このときにあたり、創業の人野間清治の「ナショナル・エデュケイター」への志を現代に甦らせようと意図して、われわれはここに古今の文芸作品はいうまでもなく、ひろく人文・社会・自然の諸科学から東西の名著を網羅する、新しい綜合文庫の発刊を決意した。

激動の転換期はまた断絶の時代である。われわれは戦後二十五年間の出版文化のありかたへの深い反省をこめて、この断絶の時代にあえて人間的な持続を求めようとする。いたずらに浮薄な商業主義のあだ花を追い求めることなく、長期にわたって良書に生命をあたえようとつとめるところにしか、今後の出版文化の真の繁栄はあり得ないと信じるからである。

同時にわれわれはこの綜合文庫の刊行を通じて、人文・社会・自然の諸科学が、結局人間の学にほかならないことを立証しようと願っている。かつて知識とは、「汝自身を知る」ことにつきていた。現代社会の瑣末な情報の氾濫のなかから、力強い知識の源泉を掘り起し、技術文明のただなかに、生きた人間の姿を復活させること。それこそわれわれの切なる希求である。

われわれは権威に盲従せず、俗流に媚びることなく、渾然一体となって日本の「草の根」をかたちづくる若く新しい世代の人々に、心をこめてこの新しい綜合文庫をおくり届けたい。それは知識の泉であるとともに感受性のふるさとであり、もっとも有機的に組織され、社会に開かれた万人のための大学をめざしている。大方の支援と協力を衷心より切望してやまない。

一九七一年七月

野間省一

塚本邦雄
新古今の惑星群
解説・年譜＝島内景二

万葉から新古今へと詩歌理念を引き戻し、日本文化再建を目指した『藤原俊成・藤原良経』。新字新仮名の同書を正字正仮名に戻し改題、新たな生を吹き返した名著。

つE12
978-4-06-521926-3

塚本邦雄
茂吉秀歌『赤光』百首
解説＝島内景二

近代短歌の巨星・斎藤茂吉の第一歌集『赤光』より百首を精選。アララギ派とは一線を画して蛮勇をふるい、歌本来の魅力を縦横に論じた前衛歌人・批評家の真骨頂。

つE11
978-4-06-517874-4

村田沙耶香 マウス
村田沙耶香 星が吸う水
村田沙耶香 殺人出産
村瀬秀信 気がつけばチェーン店ばかりでメシを食べている
村瀬秀信 それでも気がつけばチェーン店ばかりでメシを食べている
室積光 ツボ押しの達人
室積光 ツボ押しの達人 下山編
森村誠一 悪道
森村誠一 悪道 西国謀反
森村誠一 悪道 御三家の刺客
森村誠一 悪道 五右衛門の復讐
森村誠一 悪道 最後の密命
森村誠一 棟居刑事の復讐
森村誠一 日蝕の断層
森村誠一 ねこの証明
毛利恒之 月光の夏
森博嗣 すべてがFになる〈THE PERFECT INSIDER〉
森博嗣 冷たい密室と博士たち〈DOCTORS IN ISOLATED ROOM〉
森博嗣 笑わない数学者〈MATHEMATICAL GOODBYE〉

森博嗣 詩的私的ジャック〈JACK THE POETICAL PRIVATE〉
森博嗣 封印再度〈WHO INSIDE〉
森博嗣 幻惑の死と使途〈ILLUSION ACTS LIKE MAGIC〉
森博嗣 夏のレプリカ〈REPLACEABLE SUMMER〉
森博嗣 今はもうない〈SWITCH BACK〉
森博嗣 数奇にして模型〈NUMERICAL MODELS〉
森博嗣 有限と微小のパン〈THE PERFECT OUTSIDER〉
森博嗣 黒猫の三角〈Delta in the Darkness〉
森博嗣 人形式モナリザ〈Shape of Things Human〉
森博嗣 月は幽咽のデバイス〈The Sound Walks When the Moon Talks〉
森博嗣 夢・出逢い・魔性〈You May Die in My Show〉
森博嗣 魔剣天翔〈Cockpit on knife Edge〉
森博嗣 恋恋蓮歩の演習〈A Sea of Deceits〉
森博嗣 六人の超音波科学者〈Six Supersonic Scientists〉
森博嗣 捩れ屋敷の利鈍〈The Riddle in Torsional Nest〉
森博嗣 朽ちる散る落ちる〈Rot off and Drop away〉
森博嗣 赤緑黒白〈Red Green Black and White〉
森博嗣 四季 春～冬
森博嗣 φは壊れたね〈PATH CONNECTED φ BROKE〉

森博嗣 θは遊んでくれたよ〈ANOTHER PLAYMATE θ〉
森博嗣 τになるまで待って〈PLEASE STAY UNTIL τ〉
森博嗣 εに誓って〈SWEARING ON SOLEMN ε〉
森博嗣 λに歯がない〈λ HAS NO TEETH〉
森博嗣 ηなのに夢のよう〈DREAMILY IN SPITE OF η〉
森博嗣 目薬αで殺菌します〈DISINFECTANT α FOR THE EYES〉
森博嗣 ジグβは神ですか〈JIG β KNOWS HEAVEN〉
森博嗣 キウイγは時計仕掛け〈KIWI γ IN CLOCKWORK〉
森博嗣 χの悲劇〈THE TRAGEDY OF χ〉
森博嗣 イナイ×イナイ〈PEEKABOO〉
森博嗣 キラレ×キラレ〈CUTTHROAT〉
森博嗣 タカイ×タカイ〈CRUCIFIXION〉
森博嗣 ムカシ×ムカシ〈REMINISCENCE〉
森博嗣 サイタ×サイタ〈EXPLOSIVE〉
森博嗣 ダマシ×ダマシ〈SWINDLER〉
森博嗣 女王の百年密室〈GOD SAVE THE QUEEN〉
森博嗣 迷宮百年の睡魔〈LABYRINTH IN ARM OF MORPHEUS〉
森博嗣 赤目姫の潮解〈LADY SCARLET EYES AND HER DELIQUESCENCE〉
森博嗣 まどろみ消去〈MISSING UNDER THE MISTLETOE〉

2020年9月15日現在